5分後に皮肉などんでん返し

エブリスタ 編

Hand picked 5 minute short,
Literary gems to move and inspire you

河出書房新社

目次

Contents

［カバーイラスト］うえむら

エブリスタ × 河出書房新社

透視眼鏡

［５分後に皮肉などんでん返し］

Hand picked 5 minute short,
Literary gems to move and inspire you

藤白圭

「何だこれ？」

改札口を出てすぐの柱の前に、奇妙なブースが設置されていた。

何だろうと思い、近付いてみると、『透視眼鏡！　これでアナタもスッケスケ。何もかもが視えちゃいます』と書かれた紙と、一本の黒縁眼鏡が置いてある。

どこぞの馬鹿が悪戯でもしているのか、それとも、よくある街角ドッキリ的な番組のセットといったところか？

辺りをキョロキョロと見渡すが、皆、この変なブースが気にはなっているものの、興味のないフリをしてチラリと覗き見して横を通り過ぎる人や、遠巻きに見ているだけの人ばかり。

やはり、皆、警戒している。

どこかにカメラがあるのではと思い、ブースの中をくまなく探すが特に何もないようだ。

もしかしたら、俺のように、今まさにこの『仕掛け』に引っ掛かろうとする人間を、誰かがコッソリ撮影して、人気の無料動画投稿サイトなんかに動画をＵＰしようと思っている不埒な輩がいるかもしれない。

俺は一旦、このブースから離れ、周辺をあちこち確認するが、怪しい人物と言えば、俺以外にはいない。

となると、一体、誰が何の為にこんなブースを設けたのだろうか？

正直、この『透視眼鏡』はニセモノだ。

９９・９９９９９％の確率でニセモノだ。

けれど。

けれどだ。

こうは考えられないか？

実は、これは本物で、この眼鏡を持っているが為に、日常生活に支障をきたした何者かが、捨てるのは勿体ない。

それならば、誰かに貰って欲しい。

そんな風に考えたのではなかろうか？

いやいや。

そんな馬鹿なことはあるまい。

じゃぁ、誰かの暇つぶしか？

わざわざ小さな机を持ってきて、その周りをベニヤ板で囲った挙句、『透視眼鏡です』だなんて……どこの暇人がそんなことをするんだ？

むしろ、それの何が楽しいんだ？

不可解なことは多々ある。

だが。

だがしかし。

よぉく考えてみてくれ。

俺は先程、９９・９９９９％の確率でニセモノだと言った。

この世界に１００％なんてものは存在しない。

だとしたら。

だとしたらだ。

0・00001%の確率で『ホンモノ』かもしれないわけだ。

もしも。

もしもだぞ?

これがホンモノだとしよう。

けれど、ここを通る何十人、何百人、何千人という人間全員が、疑った目で見て、その事実を検証しようともしなかったとしたら?

それは勿体ないことだとは思わないか?

いやね。

俺が、この眼鏡をかけて、そこに立っている女子高生をイヤらしい目で見ようなんてことは微塵も思ってはいないよ?

ただね。

世の中、好奇心というものは大事なものであってだなぁ。

ほら。

動物の進化っちゅーものも、新しい発見っちゅーものも、一番最初に興味を惹かれて行動を起こしたところから始まるだろ?

まぁ、何が言いたいかと言うとだな。

絶対にニセモノだ。

絶対に騙されている。

こんなことを思うよりもまずは、「確認」した方が早いっちゅーわけだ。

何度も言うようだが、俺は断固として言うぞ?

あくまでも。

これは「確認」だ。

いいか。

今、改札口から出てきた胸が大きいＯＬさんを舐め回すような目で見ようとは微塵も思っていないんだぞ?

そこんところをしっかりと理解した上で――

よっしゃ!

今だ!

「…………っち」

なんだよ。

やっぱりニセモノかよ。

眼鏡をかけたが、見える景色は変わらない。

度すら入っていない安物のダテ眼鏡だ。

「はぁ。くっだんねー」

大袈裟（おおげさ）に悪態をついて、眼鏡を元の場所に置く。

苛立（いらだ）って投げ捨てなかったのは何故（なぜ）かって？

そりゃぁさ。

誰のものかもわからないし、もし、壊（こわ）れて後から弁償（べんしょう）ってことになっても嫌（いや）だしさ。

それに、俺一人が騙されるのも何か癪（しゃく）だし？

元の位置に置いておけば、誰かもう一人ぐらいは騙されるだろ？

俺は、遠巻きに見ている人達の中に紛（まぎ）れ込（こ）もうと移動した。

ん？

なんだ？

歩いていると、妙に視線を感じる。

先程まで、あのブースでゴソゴソやっていたからなのか？

あの眼鏡がどういうものだったのか、結果を聞きたいのか？

訝しげな視線を投げると、彼らは今にも噴き出しそうな顔をして逃げていく。

変な奴らだ。

クルリと向きを変えると、丁度電車が到着したのか、改札から沢山の人が出てきた。

しめしめ。

この中の一人ぐらいは……と思ったのだが、彼らは俺に気が付くと、クスクスと笑って目を逸らしたり、何度も振り返ってはコソコソ友達とこちらを指さして何かを話している。

それどころか、あのブースの中を覗き込んだ人に関していえば、透視眼鏡と俺とを交互に見比べ爆笑している。

一体、どういうことだ？

何がおかしいんだ？

自分の手や足、胸や背中を確認するが、別に何かついているわけでもない。

笑われる要素もなければ、目を逸らされる理由もない。

どういうことだ？

ん？

ま、まさか？

俺はあの説明文を思い出した。

『透視眼鏡！　これでアナタもスッケスケ。何もかもが視えちゃいます』

これって、まさか。

眼鏡をかけると、色んなものを透視出来るんじゃなくて、一度でもかけた人自体が、周りから透視されちゃうってことじゃねぇの？

そ、そうだよ。

だって、ここに書いてあるじゃないか。
『これでアナタもスッケスケ』って。
ということはだ。
俺は、俺の目から見たら、確かに洋服を着ている。
そのうえコートだって羽織ってる。
だが、周りから見たら…………まさかのまさか！
真っ裸ってことなんじゃないのか？
やばい。
やばいぞ。
これはやばい。
思わず両手で股間を隠すと、やはり見えていたのか、周りが俺に注目している。
顔に熱が集まる。
このまんま、俺の裸体を多くの人に好き勝手に見られるわけにはいかない。
それこそ、男の股間……じゃない、男の沽券に関わる！

そんな辱めを受けては、この駅を二度と使えなくなる。

今すぐここを立ち去りたいが、家までは走っても15分はかかる。

タクシーに乗りたくても、誰がどう見ても『裸』の俺なんて、変態にしか見えないだろうから、乗車拒否にあうだろう。

そう考えている間にも、老若男女問わず、クスクスと笑いながら俺をチラチラ見ていく人達。

とりあえず、すぐ傍にあるトイレの個室に避難だ!!

股間を両手で押さえたままの情けない格好で、男子トイレに駆け込むと、そこは無人。

ひとまず安心出来たとはいえ、いつ誰が入って来るかは分からない。

ホッと一息つくにはまだ早い。

完全に一人になれる個室へと足を進める途中で、鏡に映った自分の姿が目の端に入った。

あれ?

僅かに感じる違和感に足が止まる。

ゆっくりと方向転換をし、今度は真正面から自分の姿を捉えた。

「あーーーーっ！」

そういうことか。

全て合点がいった。

なるほど。

そうだ。

そうだよ。

俺の真っ裸を見て男ならまだしも、女性までが笑うハズがないじゃないか。

こう、顔を赤らめて両手で目を隠して「キャッ」と小さな悲鳴を上げたり、「いやぁん」とか何とか言って、走り去るのが普通だろ？

それなのに、俺のことをジロジロ見ては、クスクス笑って、コソコソ話している時点でおかしかったんだよ。

鏡に映る自分の顔を見て苦笑した。

そこには目の周りに眼鏡の縁を描いたように黒い墨がついていた。

「ったく。結局、どっかの暇人の悪戯かよ」

どこかに隠れてこの状況を見ていたであろう犯人に対し、小さく舌打ちしながら洗面所で顔を洗う。

冷たい水に手は凍え、頭はスッキリするが、何度も何度も備え付けの石鹸を使って顔を洗っても取れない塗料。

どうやら油性だったようだ。

「くっそ。このまんま家に帰るしかねぇのかよ」

こんなところでずっと顔を洗っていても結果は同じ。

それならば、さっさと帰って風呂に入る方がいい。

ハンカチで顔を拭いてトイレから出る。

「っつかさ、あんなもん駅の構内に置いとくなっつーの。駅員も撤去しろよな……」

なるべく顔を見られないよう俯き加減で歩いていると、あちこちからクスクスという笑い声が耳に入る。

ちょ。

俺、今、下向いてるよな?

なんで笑われているんだ?

あれから何分経ったと思っているんだよ。

どいつもこいつも俺を小馬鹿にしようと待っていたっていうのか?

公衆の面前で悪戯に引っ掛かるという痴態を晒したせいか、ちょっとしたことで被害妄想にかられ、自分に向けられているのかどうかも分からない嘲笑を、自分へのものだと信じた俺は、思いっきり顔を上げた。

すると、改札付近にいた駅員と目が合う。

ニッコリと笑顔を見せる駅員。

なんだこいつ?

俺の顔を見て笑っているのか?

まさか。

この駅員がこんな悪戯を考えたんじゃ……あれ？

彼の顔をよく見ると、彼の顔にも眼鏡が『描かれて』いた。

ふと周りを見渡すと、あちらこちらに自分と同じように、目の周りに黒い墨をつけた人が……

「なるほど……ね。俺だけじゃねぇんだ」

悪戯の内容に気が付いた人も、そうでない人も。

見物人も、当事者も。

何故、この『悪戯』に対して文句を言わないのか。

何故、この『悪戯』を撤去するよう言わないのか。

「小さな悪戯、大きな悪意ってワケね」

人の命に係わることや、怪我をするようなことであれば話は別だが、あくまでも「笑える」悪戯なら、当事者以外は他人事。

ただ見ていて面白ければそれでいい。

当事者だって、自分一人が笑い者になるくらいなら、他の誰かも巻き添えにしたい。

誰がこんな悪戯を考えたのかは分からないが、悪戯を一人で終わらせることなく、上手に連鎖させていくところまで考えていたとしたら、頭がいい奴だ。

「まんまとヤラれたぜ」

透視眼鏡の本当の意味は、人の心理を巧みに利用して……要するに、人の心を透視し、「こうなること」を予測して悪戯を仕掛けたんだという犯人の意思表示なのかもしれない。

そう考えたら、何が目的でこんな悪戯をしたのかなんて考えるのがバカらしくなった。

ようするに犯人は、最初の取っ掛かりこそ自らの手で仕掛けたものの、その後のことは、周りの「良心」に委ねたのだ。

一人目は明らかに彼の手による被害者である。

だが、その後で何人、何十人もの人が悪戯に引っ掛かっているという悪戯の連鎖は、周囲の「気持ち」一つでどうにでもなった筈であり、彼の手による被害者とは言えないのではなかろうか？

そう。

もう、この悪戯は犯人の手を離れているのだ。

きっと、この現状をどこかでこっそり覗き見しているであろう犯人は、自分が思い描いた通りに事が運んでいるのを見て、ほくそ笑んでいるに違いない。

知能犯である仕掛け人に対し、俺は、ある種の尊敬の念が生まれ、被害にあったにもかかわらず自然と笑みが漏れた。

後日。

駅の防犯カメラが一部始終を捉えていて、動画サイトやＴＶを賑わせ、「俺が抱いた尊敬の念を返せ！」と叫んだことはここだけの話だがな。

［ 5分後に皮肉などんでん返し ］

Hand picked 5 minute short,
Literary gems to move and inspire you

グッドマークス・バッドマークス

plum

〈一〉 午前中のハイライト

悪気があってしたわけではなくても、結果的に周囲へ迷惑を及ぼしてしまったということはあるものだ。

俺もただアイスグリーンティーが飲みたい一心で、その行列の最後尾に並んだつもりだったのだけれども、実はそこは折り返し地点であって、結果的に割り込んだかたちになってしまったのに気づいた時には、もう頭の中でブザーが鳴り響いていた。

しまったと思う間もなく、それが何重にも重なって聞こえる。一回だけなら小さく短い音で、さほど気にはならないのだが、一度にまとめて鳴らされるとまるで羽虫が大量に襲ってきたようで、叫びだしたくなるほど不快である。

俺は慌てて列から外れて、丁寧に頭を下げながら列に並んでいる人たちに謝り、彼らの視線から逃れるように路地に入った。

そうしてコンタクト型ウェアラブル端末の視界を切り替えて、自分に付けられてしまったバッドマークがいくつなのかを確認する。

視界の左端に、〈BM＝42〉と赤く表示されている。添付された記事を開いてみると、見出しには強調された字体で『行列割り込み』という文字が躍り、場所と時間も記載されていた。

そうして数枚の写真がアップロードされており、三十前半のさえない容貌の男が、すばしっこい動作で列に割り込み、そしらぬ顔で居直った後、周囲のバッドマークによって悪事が発覚し、みっともない格好で逃げていく様子が、四コマ漫画のように並べられている。

たいした編集技術だ。たしかに他人からすれば、そういう風に見えたのかもしれない。自分自身から見ても、ずうずうしいやつだと思ってしまいそうになるぐらいだ。

バッドマークが付けられても仕方ないと諦める反面、つくづくいやな世の中になったと感じざるをえなかった。

ウェアラブル端末の爆発的な普及は、監視社会の到来を意味していたと言っても過言ではないだろう。

その大きな要因となったのはＳＮＳで、眼鏡型ウェアラブル端末が出たばかりの頃は、視界の全てを記録することができるようになったという売り込みで、写真撮影や文字の編集が非常に簡単にできることもあり、記事の更新が頻繁になる程度だった。

けれども利用者が徐々に増え、国民の殆どが加入しているという状況になったところで、単なるコミュニケーションツールには止まらない役割を担うようになってきたのだ。

それはある意味で「防犯」と言えるかもしれない。

ＳＮＳにはもともと友人の投稿した記事に対して評価する「グッドマーク」「バッドマーク」という機能があるのだが、これが拡張されて人の記事だけではなく、自分が見た人や物に対して直接付けられるようになった。

マークは付けた本人が操作しない限り消えることはなく、ＳＮＳで友人になっている者同士で共有され、ウェアラブル端末で常に視界に見えているので、結果的に全国民で善し悪しの評価を共有することになる。

つまり「人前で悪いことができなくなった」のである。

誰だって信号無視や煙草のポイ捨て等の小さい悪事ならば、人の眼が多少あってもやってしまうものだ。

けれどもさっき俺がバッドマークを付けられたみたいに（完全に冤罪だが）、まるで前科のように克明に記録されてしまい、たとえ反論の記事を書いたところで言い訳と思われるのが関の山なのだ。聖人君子みたいに振る舞わざるをえない。

実際に治安は良くなっているらしい。もちろんネット上でのプライバシーは守られていて、個人情報が漏れないようにフィルターがかけられているものの、バッドマークの数は隠せない。

多量に付けられていれば素行が疑われるし、警察の求めがあれば詳細を見せなければいけない。会社でも社員に対して、法的に可能な範囲で開示を要求しているところもあるそうだ。

だからといって心の治安も良くなったとは限らない。なにしろ四六時中監視されているようなものなのだ。家族だって油断してはならず、いつ自分の欠点を記事にして、全世界に配信するかも分からないのだ。

人々のストレスは計りしれぬものとなり、ウェアラブル端末が普及する以前にも増して個人主義となって、結婚率と出生率は幾何級数的に下がり続けていたが、誰もそれにはバッドマークを付けなかった。

もっとも悪いことばかりではない。グッドマークも全世界に共有されるから、一夜にして英雄になることもよくあるのだ。

人間の傾向性として、他人の良い面よりも悪い面を見たがるものだが、これだけ監視された世の中になってくると、自分を守る意味もあって、積極的にグッドマークをつけるようになった気がする。結果的にバランスがとれていると言えるかもしれない。

俺もバランスをとらなければいけなかった。バッドマークが消せないのならば、その代わりにグッドマークを増やせばいい。

なんだか罪を帳消しにしようとしているみたいでわざとらしいが、誰だってやっていることだし、なにより今の俺は人一倍そうする必要に迫られている。

就職活動中なのだ。

これからまた面接に行かなければならず、だいたいの会社では明言しないまでも、グッドマークとバッドマークの総数を見られるのが当たり前になっている。そうしてハイライトの場面を問われるのが定番である。

建前ではどの社も参考程度にすると言っているものの、それを大きな判断基準にしているのは明らかだ。俺だって初対面の人間に会った時はそうすると思う。

だから最近では怪しげな商売も出始めている。

グッドマークを急激に増やせるという触れ込みで、人前で一芝居をうって善行を装い、グッドマークを偽造する業者がいるそうだ。それを利用する人は普段はあまり人前に出ず、バッドマークを付けられないよう細心の注意を払いながら、ひっそりと生活をしていたりするらしい。

まるで芸能人である。もちろん本職の俳優さんたちなんかもＳＮＳを利用していて、ＧＭとＢＭの総数はけた違いだけれども、メディアなんかで報道されるスキャンダルをみても分かるように、彼らだって生活しているのだからどこかで誰かに見られている。

なおかつこんなご時世だから、監視の目は昔よりも厳しい。総数を割ってしまえば結局一般人と同じで、本性が暴かれることになるのだ。したがって偽造なんてしても無駄なのである。

俺も無駄な時間を過ごしている。考えている暇などない。早く善いことをしなければならないのだ。

なんだかボーイスカウトじみているが、「日々の悪行」を励行するとか、「一日一悪」をモットーにするよりましだろう。

すぐに路地から出て、街ゆく人たちの群れを見渡した。みんな涼しそうな顔をして歩いているが、誰もが心の中はＧＭとＢＭのことで頭がいっぱいなのは分かっている。

常に周囲に気を配っていて、警戒心も非常に強く、立ち居振る舞いも品行方正そのもので、けっして大きな声なんか出さない。

一見するとロボットが生活しているのかと思うほどだ。

そこに女性の悲鳴が響いた。

〈二〉グッドタイムス・バッドタイムス

声が聞こえたほうを見ると、若い女性がこちらへ走ってくる。彼女はジャージの上下というラフな格好をしており、サンダル履きのためにおぼつかない足取りで、金髪に染めた髪を振り乱している。

「誰か助けて」

女性の後方に、スキンヘッドの男性が見えた。そいつは女性と同じような身なりで、酒に酔ったような赤い顔をしていた。そうしてサンダル履きの人間にすら追いつけないだろうと思われるような千鳥足で、人波を強引にかき分けてくる。

グッドマークが現れた。まさしく人助けのチャンスではないか。自分は喧嘩など全くしたことはないが、泥酔した人間ぐらいならなんとか退けられそうだ。ビジネスバッグも適度に固くて武器になる。中には就活用の自己啓発本をしこたま詰め込んであるから、重さも充分である。これで他人も啓発できるというものだ。

俺は身を乗り出した。けれどもすぐに状況が変わった。スキンヘッドの男がふらつきながら、ジャージのポケットに手を突っ込み、そこから折り畳み式のナイフを取り出したのが見えたのである。

バッドマークと言う他ない。俺は喧嘩などしたことはないし、泥酔した人間は自制心がなくなっているから何をされるか分からない。

ビジネスバッグなど何の役にも立たないだろう。自己啓発本もナイフの防ぎかたは教えてくれなかった。

いくらグッドマークをもらうためとはいえ、自分の命をかけるのはリスクが高すぎる。俺は他の野次馬同様、遠巻きに眺めるだけにした。

すぐに警察官も駆けつけてくる。男は誰何されるなり動きを止め、あっさりと腕を抑えられた。

もう一件落着するだろう。女性も気が抜けた様子で、地面にへたりこむのが見えた。

まだチャンスはある。せっかく事件に居合わせたのに、このまま傍観者でいるのも勿体ない。

「大丈夫ですか」とでも言って彼女に寄り添い、励ますような声をかけてやれば、グッドマークがもらえるのは火を見るよりも明らかである。

俺は女性のもとへ駆けつけようとした。

みんな考えることは同じだ。餌に群がるアリのように、周囲の連中が一斉に女性のところへ飛びかかる。まるでバーゲンセールの最後の一個を奪い合う主婦みたいに、押し合いへし合いになった。

この醜態こそバッドマークをつけられる場面だろうと思ったが、誰もが先を争うように大丈夫ですかと言っている。

すると大丈夫そうではない声が聞こえた。見ると男を取り押さえていたはずの警官が、地面にうずくまっている。

　そうして取り押さえられていたはずの男は、血の滴った刃物を持って、荒い息を吐きながら肩を波打たせていた。

　マークがどうこう言っている場合ではない。しゃれにならないとはこのことだ。

　俺は再び女性から離れ、転がるように路地へ逃げ込んだ。それでもまだこの場から逃げ去ってしまわなかったのは、意地汚い野次馬根性がなせる業だろう。

　大事件に居合わせた記事が書けると考えていたのだ。あまつさえ写真も撮ってやろうと、路地から現場を窺った。

　事態はますますひどくなっている。血まみれの包丁を携えた男は、へたり込んでしまっている女性を摑まえて、刃物を突き立てているのである。

　思わず目をつぶってしまい、決定的瞬間が撮れなかった。こんなことならコンタクト型ではなく、眼鏡型のウェアラブル端末にしておけばよかったと後悔した。

　けれどもまだ惨劇は終わらない。男は興奮してしまったのか、女性と同じように腰を抜かしている人たちに近づき、次々に傷つけているのだ。

今度こそ衝撃的な写真が撮れる。自分も興奮するのを感じながら、通り魔と化した男の一挙手一投足から目を離すまいと睨み付けた。おおかた俺と同じような目線が、他の路地やビルの窓からも注がれているに違いない。

やがて男も膝をつき、アスファルトへ仰向けに寝転んだ。さすがに力尽きたのだろう。その周囲には累々と死傷者が横たわっている他、人も車も見当たらない。まるで映画か何かのワンシーンのようである。

ふとグッドマーク目当ての芝居ではないかと思った。けれども褒められるべき人間が誰もいないから、間違いなく本物である。

それにしてはなかなかパトカーが来ないけれども、撮影と記事を書く者にとっては都合が良い。１１０番通報は他の誰かがとっくに済ましているだろう。

[5分後に皮肉などんでん返し]

Hand picked 5 minute short,
Literary gems to move and inspire you

極上の味わい

雪兎

老人は一人、吹き荒ぶ突風にその身を揺らしながらビルの屋上を歩いていく。新調したスーツのジャケットの裾は千切れんばかりにはためき、ハットはとうに夜の闇へ消え、後ろへ撫でつけられた白髪が縦横無尽に蹂躙される。

その身すら吹き飛んでしまいそうな危うさだ。けれども臆することなく、唯一の持ち物である布包みを抱えて真っ直ぐ、確実に歩んでいく。

飛び降り防止のフェンスまで到達すると、ジャングルのように乱立したビル群が出迎えた。

何千、何万もの人々の営みが作り出す一大パノラマ。夜空の星々にすら勝る、文明が生み出した煌びやかな景観だ。

老人はおもむろに腰を下ろすと、布包みを開く。取り出されたのは古びたワインボトルとグラス、それからソムリエナイフだ。

老人は慎重にソムリエナイフでワインボトルのコルク抜きを始めた。

慣れた手つきで、されど慎重に、澱が舞わぬよう栓を開ける。

そうして風の止んだ一瞬を盗み、ワインをグラスへ注いだ。

月明かりに照らされる真紅の水面。その純然たる色合いはどんな宝石よりも美しい。

しかし注がれたグラスのワインは未だその香りを閉じたままだ。

老人は時が香りを開くのを一人待った。

やがて、ふっ、と鼻腔を熟れた果実が駆け抜けた。

すかさず老人は携帯電話を取り出すと迷わずコールする。

途端、爆音が鳴り響く。

それは一度や二度ではない。幾度も繰り返される執拗なまでの爆音が大地を揺るがす。

そうして辺り一面のビル群は燃え上がり、最先端の文明が原初の文明に染め上げられていく。

遠巻きにして集まる怨嗟の悲鳴。そのフルコーラスを存分に鼓膜で受け、老人はようやくグラスを傾げた。

「なんたる美味……！」

口腔を満たす香りが鼻腔を抜け、喉を滑り落ちる果実酒の味わいに単純にして明快な感想を漏らす。

多くを語る必要もなく、ただ眼前の景色を肴にグラスを傾げた。

それを四度繰り返した頃、乱雑に屋上の扉が蹴破られる。

甘味に群がる蟻がごとく、わらわらと湧き出た機動隊は老人を取り囲む。

老人は驚くこともなくグラスを飲み干し、笑った。

人為的に作られた暗闇に置かれ、諸手を後ろで縛られた老人は一人壇上に立っていた。

みすぼらしい白のつなぎに身を包み、手には手錠、剃られた頭は黒い帯が目まで覆っている。

そして首には縄が括られていた。

「お前は間違いなく歴史に名を残すだろうな」

コツ、コツ、と靴底で大地を叩きながら若い男はそう言った。

腕を組み、甲に血管が浮き出るほど拳を握り締めている。

「……」

老人は応えることはせず、ただ俯き、静寂にその身を置いた。語ることはない。総身でそう語る。

事実老人は逮捕から勾留、聴取、判決までの始終を黙秘で貫き通した。

そのような態度が気に食わなかったのか、男は荒々しく壇を蹴る。

「お前がやった爆破テロでなあ！　何万人も死んだんだよ！　なんであんなことをした！」

「……」

「答えろよ。人生に飽きた富豪の道楽か⁉　それとも都民を巻き込んだ心中か⁉」

「……」

「お前の、てめえのせいで！　俺の妻と娘は……！」

「……なんと」

空気を揺らす罵声が震えたものに変わったその瞬間、老人は沈黙を破った。

驚いたようなその調子に、哀悼に萎んでいった男の怒りは再び膨れ上がる。

「何を驚いていやがる。てめえがしたことは、そういうことだろうが！」

「……そうか。暴れはせぬ。しようにもできまい。だから、目隠しを外してもらえないだろうか」

老人の懇願というには余りにも厳かな物言いに男は舌打ちで返した。

「今さら謝罪でもする気か？　そんなもの要らねえよ。天国に逝った皆に地獄で詫びろ」

「……ならば仕方ない。さっさと吊るがよい」

老人は淡々と語り、再び俯く。

しばらくして男は壇を蹴りつけると、壇上に立った。そして老人の目隠しを取る。

当てられたスポットライトの光に老人は目を細める。やがて明順応を終えると男をじっと見つめた。

男はギリッと歯を鳴らし、必死に感情を噛み殺していた。憎しみに濁らせた黒瞳は老人を射抜き殺さんと尖っていた。

そのような男は吐き捨てるように言う。

「ここからじゃ見えねえだろうがカメラがある。特別措置だ。お前の処刑は公開されている。それを弁えたうえで、遺族に詫びろ」

「なるほど」

納得したように頷くと、老人は無精に伸びた白い口髭の奥で歯を見せた。

段々と口角が上がり、絞り出すように短く息を吐きながら、肩を上下させる。

やがて小さな声が漏れた。それは始まりに過ぎず、呼び水がごとく段々と声は膨らんでいく。

笑った。痙攣と見間違うほど総身を震わせ笑った。死を前にして、遺族が見ているであろうカメラを前にして、笑った。

啞然とする男をよそに老人は語る。

「この世で最も美味しいもの——極上の美味とは何か知っているかね?」

誰に訊ねるわけでもなく、当然答えを期待しているわけでもない。しばし、間を置き、老人は続けた。

「舌を唸らせる三つ星店のフルコースか。数百年のヴィンテージを持つワインか。あるいは仕事終わりに飲む一杯のビールか。それとも母や妻の作る手料理か。貴様の場合は娘の作る拙い料理かね？」

ぴくりと眉が動き、男の視線がゆっくりと老人へ向けられる。ゆらりとその身体が揺れ、拳が振り上げられた。

「クソ野郎が！」

拳が老人の顔面に突き刺さり、老人の身体が大きく仰け反る。鮮血と共に白い歯が数本飛び、そのうちの一本は男の拳に突き刺さった。それでも身体ごと吹き飛ばずに終わったのは括られた縄が無理やり押さえつけたからだ。

一発、二発。止まることを知らない殴打が容赦なく、しわがれた老木のような体軀に突き刺さる。

部屋の扉が開き、男が強制的に連れ出されるまでそれは続いた。

鼻はひしゃげ、前歯は消え、目は腫れた瞼が押しつぶしている。白いつなぎの胸元を唾液と血の入り混じった体液で真っ赤に染め、凄惨な出で立ちとなってもなお、その口は笑っていた。

口腔の血を吐き出すと、老人は再び語り始めた。

「七十年だ。私はそれなりに裕福でね。先に挙げた美味な物を含め、この世で全ての最高級、最高品質の物を飽きるほど味わってきた。そのせいで飽きてしまったんだ。

するとね、急に人生がつまらなくなった。三大欲求の一つに飽きてしまったのだから当然だ。仕方がないことだろう。でも私は、仕方がないで済ませる気は毛頭なかった。

この世の極上を探し求め、あらゆる物を喰い、呑んだ。けれども心は満たされない。どれも口寂しいんだよ。足りないんだよ。欲求を満たしてはくれないんだよ。

そんな時だ。『人の不幸は蜜の味』という諺を思い出したのは」

肩を震わせ、老人はまた笑う。

「いやはや先人とは偉大だよ。こんな言葉を私に遺してくれていたのだから。私は早速それを試した。

最初は小さなことだ。私の会社から適当に社員を選んでクビにした。その時の悲嘆に暮れる表情を見せてやりたかったよ。

そしてその時にね。私の脳髄から爪先までを刺激が駆け抜けたんだ。あれはとても気持ち良いものだった。極上とは言い難いが、どんな美味な料理よりも私の空腹を満たしてくれた。

だがそれも、繰り返すうちに物足りなくなってね。やがて段々とエスカレートするんだよ。そんな悦楽と渇望の後、最後の晩餐として此度のことを起こしたというわけだ」

満面に愉悦を貼り付け、老人はひっ、ひっ、と楽しげに声を漏らす。

「築き上げた文明が崩れゆく景色を眺めながら多くの絶叫に包まれ、それを肴にして飲むワインのなんたる美味なことか。あれは最高――」

「もういい。黙りなさい」

部屋に女性の声が響き、老人の声を遮った。

ビジネススーツを着た女性は老人に布袋を被せると叫んだ。

「老人の戯言を公共に流す必要はない。これより刑を執行する」

「――だが、あれは極上ではなかった」

「執行者は位置につけ」

「凄惨な光景を、ワインの味を、悲鳴を、舌の上で転がしながら最期を迎えるつもりだったのだがね」

「はやく、執行者はレバーを握りなさい」

「試しにと摘み食いをしたらその味に心震えたよ」

「カウントを始める。五、四」

「妻と娘を亡くした男の不幸のことだ。そして今さらに私は極上を味わっている」

「三、二」

「これを見ている君たちの不幸をね」

「一、ゼロ」

「正しく極上の――」

［5分後に皮肉などんでん返し］

Hand picked 5 minute short,
Literary gems to move and inspire you

異世界書店

ユメノ

かささぎ堂書店が異世界での営業を開始して半年が経つ。当初の懸念が嘘のような好調ぶりである。

閉店後の清掃の際、文芸書担当の高村が、用具倉庫と間違えて異世界への扉を開けてしまったのが全てのはじまりだった。それまで誰も、この一軒の街の本屋が、異世界と繋がっているとは識らなかった。店長の立原さえもである。

大喜びしたのは、若いが仕事熱心なみすずと、コミック担当の吉野だった。二人とも大のファンタジー好きである。他の店員たちは扉の向こうに広がる景色に、ただただ呆然となった。そこはまさしく、小説や漫画などで日頃親しんできた、ファンタジーの世界だった。ドラゴンや魔法使いが空を飛び、森にはニンフやユニコーンが棲む。

世間に識られぬように異世界とこの世界を往来しているうち、立原はひらめいた。異世界の住人を、この本屋の客にしてみたい。立原もまた、少年時代はテレビゲームの異世界に夢中であった。本物のドラゴンを見て、あの頃の興奮が蘇ってくるようだった。

立原の提案に、真っ先に反対したのは、扉を開けた張本人の高村だった。

「物騒ですよ、彼らは」

神経質そうに眉根を寄せる。はしゃぎながら異世界へと飛び出していく吉野やみすずと違い、彼は慎重であった。

「私は絶対やりたいです」

「僕も賛成です」

みすずと吉野は前のめりになって賛同する。

「俺は反対です。シフト増えるの厭だし、訳の判らない連中を相手にするのは面倒そうだし」

アルバイトの寺山は気怠げに云った。

「八木さんはどうですか、」

立原の妻で、児童書担当の直子が訊ねる。

「私はいつもどおりの時間に帰らせていただければ、喜んでお手伝いしますよ」

三人の子どもの母親である八木は、頼もしく答える。

「しかし、そもそも異世界の住人に、本が売れるでしょうか」

高村の意見に、立原の右腕である堀口が頷く。

「たしかに、そうした不安はあります。ですが、上手くいけば貴重な顧客開拓になるかもしれません。どうやら他の多くの書店は、異世界と繋がっていないようですからね」

商売敵は少ないに限りますと、いつもの穏やかな口調で云う。

「それに、面白いと思わないかい。エルフや魔法使いを相手に、本を売るなんて」

立原の一言に、吉野とみすずの瞳がさらに輝く。

「やろうよ、高村君！」

「やりましょう、高村さん！」

二人に声を揃えられ、ついに高村は頸を縦にした。寺山も、不承不承という風に従った。

話し合いの結果、定休日である木曜日を、異世界での営業日とすることになった。異世界の住人と、こちらの住人が同時に同じ店で買い物をしたら、大騒ぎになってしまう。

「しばらくは、忙しくなりそうですね」

「俺はあまりシフト増やされるのは厭ですよ」

高村と寺山はまだ不満げである。

「私、毎週木曜日に必ずシフト入れてほしいです！」

「僕もです！　休みが少なくなってもかまいません！」

一方、みすずと吉野はすでに張り切っている。

「こんな物語みたいなことが現実に起きるなんて、夢みたい。そう思いませんか、八木さん？」

「良かったわねえ、みすずちゃん。うちの子どもたちも喜びそう」

八木はにこにことして頷く。高村は顳顬に指を当て、寺山はうんざりとした様子で天井を向いた。

「上手くいったら、人員を増やすから、少しの間無理をさせるかもしれないけれど、よろしく頼むよ」

宥めるように立原は云ったが、

「……本当に上手くいくでしょうか」

高村はなおも心配らしい。立原と堀口は顔を見合わせて苦笑いした。

正直なところ、立原自身も、上手くいく確信は持てなかった。異世界の住人に本を読む習慣があるか不明だし、言葉や通貨の問題もある。

しかし実際に営業を始めてみれば、それらは全くの杞憂に過ぎなかった。不思議と言葉は通じ、一人の賢者のおかげで両替も円滑に行えた。何より、異世界の住人たちは好奇心旺盛だった。見識らぬ世界への探究心は、こちらの世界の人間たちよりも遥かに勁かった。彼らはたちまちかささぎ堂のお得意様となった。

休日の書店に、向こう側からの扉を開けて、ドワーフやエルフ、ニンフに魔法使い……さまざまな異世界の住人が訪れるのは、実に愉快な光景である。人間に近いそれらの種族だけでなく、半人半獣（はんじんはんじゅう）のケンタウロス、ドラゴンやペガサスといった獣（けもの）たちもやってきた。

そもそもドラゴンと人間は交われるのか、さすがの吉野やみすずも、その兇悪（きょうあく）な姿に、容易には近寄れなかった。高村などは蒼白（そうはく）になってひっくり返り、慌（あわ）てて堀口が受け止めた。

ドラゴンはたしかに多くの伝説どおり、乱暴であった。かささぎ堂書店はその一頭の青いドラゴンによって滅茶苦茶（めちゃくちゃ）になった……ドラゴンは本の読み方を識らなかった。

だが薄（うす）れゆく意識の中で、高村は彼の心の声を聞いた……私は、識りたいのだ、と。それは古今東西知を求める者の、純粋（じゅんすい）な叫（さけ）びだった。

幾度（いくど）も気絶しかけながらも、高村はドラゴンに本の読み方を教えた。ドラゴンは毎週かささぎ堂に通い、人語を話せるようにまでなった。ある日、彼が高村に向かって、「ありがとう」と、はじめて喋（しゃべ）った時、そこにいる全員が感動を覚えた。堀口が高村の肩（かた）を叩（たた）くと、高村は眼鏡を外して、泪（なみだ）をそっと拭（ぬぐ）った。

吉野やみすずは上機嫌で働き、寺山もあいかわらず真面目とは云いがたいが、

「彼らの格好を眺めているだけでも、なかなか愉しいですよ」

そんな風に云うようになった。

異世界の住人の中でもとりわけ魔法使いたちは頻繁にかささぎ堂を訪れる。勤勉なのだろう、あらゆる分野の専門書を、一人で大量に買い漁る。

ドワーフたちは大勢で一冊の本を買うことが多い。日夜きつい穴掘りをして、わずかの金で食べているのだ。彼らが泥だらけの手で羞しそうに本をレジに持ってくるたび、八木は人数分以上の飴玉をくれた。

対してエルフは裕福であった。ずっしりと重たい図鑑や、高価な画集を好んで買っていく。彼らはそれを、自らと同じく宙に浮かせて、優雅に持ち帰ることが出来た。

自然を愛するニンフたちは園芸の本に興味を示し、好色なケンタウロスは官能小説がお気に入りだ。

かささぎ堂の書店員たちは、異世界での営業に手応えと面白さを感じ、また、魅

力(りょく)あふれる住人たちを愛した。毎週木曜日の朝、開店の準備をしながら、皆(みな)、胸を弾(はず)ませ、鼻唄(はなうた)を歌った。

そうして半年。今月も売上が右肩上がりだとの報告がミーティングでなされ、拍手(はくしゅ)が起こる。

これなら人員を一人増やしても良いかもしれませんねと堀口が云い、立原は頷いた。

「このまま順調に続けば、異世界での営業がメインになるかもしれないな」

「それも良いですね」

高村が同意する。「彼らは実に素晴らしいお客様ですよ」

突如(とつじょ)、みすずが顔を覆(おお)って泣きだした。

「どうしたの、みすずちゃん。何かあったの、」

隣(となり)にいた直子がみすずの肩に手を置く。

「私、もうやめたいです」

みすずは泣きながら答えた。

「やめるって、かささぎ堂をですか、」

堀口が訊ねる。違いますと、みすずはか細く云い、

「異世界での営業です」

思いがけない言葉に、立原は驚いた。

「なぜだい、君ははじめから異世界での営業に意欲的だったじゃないか」

「そうよ、みすずちゃん。それなのに、どうして、」

みすずは吉野の方を見た。吉野も辛そうな表情を泛かべている。

「僕もみすずちゃんと同じ意見です」

皆は困惑する。

「どうして吉野君まで……、」

「二人ともあれだけ愉しそうに働いていたのに、なぜ急にそんなことを……、」

吉野とみすずは俯いて黙っている。

「僕は厭です、今さらやめるなんて。売上も良いですし、彼らとは上手く附き合っ

ているし、何の問題もないじゃないですか」

「俺も、続けた方が良いと思います。このシフトにも慣れてきたし」

最初は異世界での営業に反対だった高村と寺山が云う。

「吉野君、みすずちゃん、きちんと理由を説明してくれませんか、」

堀口が促すと、吉野とみすずは頷き合った。先に吉野が口を開く。

「彼らは変わってしまったんです」

「彼らって、異世界の住人たちのことかい？」

他の皆は真剣に吉野を見つめている。

「はい。荒くれ者のドラゴンはすっかり行儀が良くなって、見境なく暴れることも、火を吹くこともなくなりました」

高村が眉間を皺めた。

「良いことじゃないですか。彼らは思慮深くなり、皆には平和が訪れたんです。それの何がいけないんですか」

みすずが頭を振る。

「いいえ、それだけではありません。ドワーフたちは穴掘りをやめてしまいました。代わりにみんなで団結して、不平等をなくす為の運動に明け暮れています」

八木が頸を傾げる。

「それはおかしいことなの、みすずちゃん。不平等より、平等な社会の方が、正しいんじゃないかしら」

「だって、ドワーフが、鶴嘴ではなくプラカードを掲げて行進しているんですよ」

みすずの語気が勁くなる。八木は目を円くした。

吉野が話を続ける。

「エルフたちは自分たちの芸術を棄てました。これまで彼らは等しく芸術を愛し、芸術を生きていたのに、今や全てのエルフが芸術家であるのをやめ、批評家となりました。自らの手で傑作を生みだすよりも、他人の作ったものを批評する方が楽だと、気附いたからです」

「彼らがあれだけたくさんの画集を買うのは、その為だったのか」

立原が唸る。

「批評することで、我々の世界の芸術家よりも、自分たちの方がより芸術を理解していると、満足出来るようです」

「ニンフたちはガーデニングが趣味となって、山の木々を伐り倒して、広大な庭を造っています。そこに人工の川を築き、好きなように花木を植えて、愉しんでいます」

　何だか本末転倒という感じねと、直子が呟く。

「ユニコーンやペガサスは、おのれが貴重な種族であると自覚し、手厚く保護するようにと声高に主張しはじめ、人魚は進化論に感銘を受けて、ぞくぞくと陸に上がっています。美しい尾ひれを失くして」

「それじゃあただの人間じゃないですか」

　寺山が呆れたように肩をすくめる。

「レプラコーンは虹のふもとにお金を隠しておくよりも、銀行に預けた方が得だと識り、人狼は自分で自分を牢獄に閉じ込めました。自分が満月の夜に狼に変身するのは、狂気の証だと考えたんです」

「痛ましいですね」

堀口が溜息を吐く。

「他にもダイモンは人々にインスピレーションを与える代わりに、コピーアンドペーストの仕方を囁くようになり、ジンは願いを叶えるのではなく、自己啓発を勧めるようになりました。……ケンタウロスだけは、むしろ好色が増長してしまったようですが……」

「さもありなんだな」

立原が云い、皆は力無く笑う。

吉野は立ち上がり、顔を紅潮させて訴えた。

「みんな、このかささぎ堂から本を買うようになって、変わってしまったんです。ドラゴンも、エルフも、ドワーフも、ユニコーンも。何より、魔法使いたちが、魔法の呪文を忘れてしまった……。こんなの、全然、ファンタジーじゃない。僕らの愛した、ファンタジーじゃないんです……」

再びみすずが声を上げて泣きだし、直子が抱きしめる。高村は唇をひき結んだ。

立原は腕組みをし、堀口は顎に手を当てて考え込む。

今日は木曜日で、開店の時刻まであと少し。静まり返った店内に、待ちきれぬ者たちの、扉を叩く音がする。

［ 5分後に皮肉などんでん返し ］

Hand picked 5 minute short,
Literary gems to move and inspire you

わがままおうさまのしょくたく

浜松街

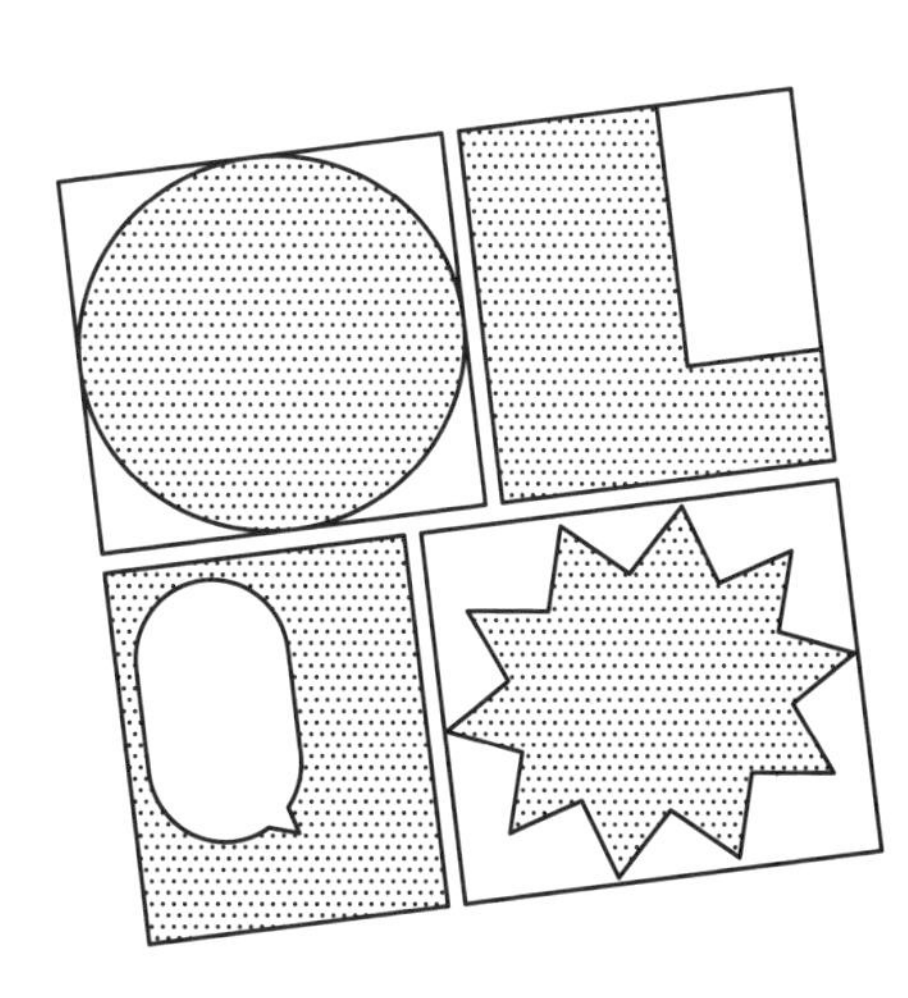

むかしむかしあるところに、
たいへん料理で栄えた国が有りました。
なんと町の人達の半分が料理人で、
毎日国のいたる所から美味(おい)しいにおいが漂(ただよ)い、
この国を訪れた旅人は、
「肉、野菜、あらゆる食べ物のにおいが漂って、においだけでも美味しいが、食べる料理はもっとうまい！」
と言いました。
こんなに料理がさかんな国ですから、当然美味しい食べ物がたくさん集まります。
それに合わせて色んな国からたくさんグルメな人達が集まってきます。
あつい国から来たどんなにからい料理もぺろりと食べてしまう人や、
イタリアの有名なお店のオーナー、
世界中の高級料理を食べ尽(つ)くした貴族なんかもいます。

そんなグルメな人達が集まる国ですが、一番グルメな人は誰かとたずねると、人々はみんなこう言います。

「王さまだね」

「王さまにはかなわないよ」

「あの人が食べたことのない料理なんてあるのかな?」

「なんせ王さまは生まれてから同じ料理を口にしたことがないらしいぜ」

そんなグルメな王さまですが、わがままなことでも有名でした。

「お肉に塩を少しふりすぎただけでコックをクビにしたらしい」

「玉子を片手で2個同時に割らせたら殻が入ったからクビにしたってよ」

「パンの代わりにケーキを出した臣下の首を本当に切っちまったとも聞いたな」

そんなわがままな王さまは最近、ますますわがままになって、色んな人の首をとばしていて、たまに首が城の外まで飛んでくるほどになってしまいました。

そんな王さまのわがままをききながら、臣下は今日もビクビクしながら料理を運びます。

今日はハンバーグです。

臣下がハンバーグを王さまに出すと、王さまはナイフを使ってハンバーグを一口大に切り、フォークで持ち上げ、静かに口にしました。

王さまがゆっくりと嚙んでいる間、臣下は生きた心地がしません。

一嚙みごとに、まるで心臓が嚙み潰されるような、スローモーションにも感じる咀嚼を経て、やっと王さまはハンバーグを飲み込みました。

「……臣下よ」

臣下はびっくりして床から飛び上がってしまいました。

「何でしょうか、王さま」

恐怖でくらくらする頭をなんとか働かせて、臣下は必死に考えます。

ハンバーグの運び方が悪かったかな？

しかし、ハンバーグを運ぶ時は指の爪の先までしっかりと注意して運びました。

どこかに問題があったとは思えません。

ハンバーグの出来が悪かったか？

しかしハンバーグの表面はこんがりと、中はほんのりとピンクの芯が残り、今も切られた断面からとろりと肉汁が滴るようすが、最高に食欲をそそるにおいと共に確認できます。

それもそのはず、コックの腕はこの国でも一番。

店を開こうものなら三日三晩は消えない行列をつくるであろう最高のコックに作らせました。

実際、このコックは勤務年数は歴代最長で、5年間もこの王さまに料理を出し続けられたのはこのコックだけでした。

では一体何が……？

「臣下よ」

「はっ……」

「このハンバーグは何で出来ておる？」

臣下はどきっとしました。

「ウマスタインの牛肉ですが」

「ウマスタインは3年と2ヶ月前のディナーのニンジンと挽き肉炒めに入っていたであろう」

「いえ……いや、すみません、陛下。確かに今回のウマスタインはその時の挽き肉炒めにも入っておりましたが、今回はつなぎに一工夫しております」

「それはウマトリの玉子の事を言っておるのか?」

ここにきて臣下は王さまの言わんとしている事に気がつきました。

「ウマトリの玉子は5年と10ヶ月前の朝食にトーストの上の目玉焼きとして出てきたではないか」

「しかし陛下、この組み合わせは初めてでして……」

「うるさい! そういう事を言っているのではない!」

また王さまのわがままが始まりました。王さまはもうこの世の食べ物を全部食べてしまっているので、組み合わせで初めての料理を作っていたのですが、それにがまんできなくなったようです。

王さまはとうとうかんかんになっておこりだしました。

もう顔は耳まで真っ赤で、今にも湯気がたちそうなほどです。

「陛下、お静まり下さい」

臣下の言葉も聞こえません。

「もう、本当にわしはおこったぞ！」

王さまは小さな事でもすぐにおこるので、一日のたいていはおこっています。

「わしをおこらせたらどうなるか教えてやる！」

王さまをおこらせた者は、たいていクビです。

「わしは王さまだぞ！」

この国の誰もがわがままな王さまとして知っています。

「もうがまんならん！」

王さまが最後にがまんしたのは、5歳の時にアイスを落とした事です。

しかしながら、臣下も自分のクビがかかっているので、必死になだめます。

「陛下、どうかお聞き下さい、もう一度チャンスを、チャンスを今一度私に下さい！」

城中に響くような悲痛な臣下の叫びに、王さまも少し冷静になってこう言いました。

「肉」

「は？」

「肉だ！　最高の肉をもってこい！」

「わしが今まで食べた事がなくて、

あらゆる動物の旨みをあわせ持ち、

あらゆる野菜よりすっきりとした食べごたえで、

その肉汁は最高級のスープになり、

そのにおいはまるで料理であふれるこの国のような、

そんな理想の肉だ！」

「し、しかし陛下、そのような肉はこの世のどこを探そうともあるはずがありません！」

「うるさい！　わしが食べたいと言っているのだ、早くもってこい！」

そう言うと、また王さまは真っ赤になっておこりだしました。

もう話を聞いてもらえなそうだったので、臣下は震える足をなんとか動かしてコックの元へと向かいました。

早速コックに肉の説明をします。

しかし、もちろんコックもそんな肉は知りません。

「王さまの食べた事のない肉を探すだけでも無理なのに、ましてやそんな肉は世界中どこを探してもありませんよ！」

八方ふさがってしまった臣下は、コックと一緒に王さまへの説得を試みました。

しかし、王さまは聞く耳を持ちません。

「まだ肉は出てこないのか！　わしに意見をするな！」

「王さま、落ち着き下さい！」

「そのような肉は、世界中のどこにもありません！」

悲痛な叫びが二人分になったにもかかわらず、王さまは全く聞く耳を持ちません。

顔は真っ赤を通り越して赤黒くなり、呼吸も苦しそうです。

「みんなして否定しおって……こうなったら肉が出てくるまで一日につき一人を処刑してやる！」

これには臣下もコックも青ざめて震えあがりました。

臣下は王さまに摑みかからんばかりの勢いで懇願しました。

「お願いします！　王さま、そのような事をなされば国はおしまいです！　どうか正気に戻って下さい！」

「きさま……わしに意見を……」

その瞬間コックは何が起きたのか分かりませんでした。ただ、とても遠い所で大きな音がしたような気がしました。

一瞬遅れて目に入ってきたのは、

頭から血が出ているにもかかわらず、動かない臣下。

煙がたっている拳銃をもった王さまは、

「一日目はお前だ」

「二日目はコック、お前だ。早く準備にかかれ！」

今まで聞いた事のないような王さまの黒い声に、コックは震えながら厨房（ちゅうぼう）まで戻りました。

厨房でしばらくの間震えていたコックはやっとの事で動きだし、国中の知り合いをお城に呼びました。

コックに呼ばれて集まった人達は、コックの説明を聞いて一様に驚（おどろ）き、恐怖しました。

コックは必死に肉について尋ねましたが、誰もそんなものは知りません。

「そんな肉、あるわけない」

「どうするんだ、これから」

「次に作らされるコックは誰だ？」

一同がざわざわと話し合う中でも、やはり肉の情報は出てきません。

とうとうコックは泣き出し、うずくまってしまいました。

「俺（おれ）に良い考えがある！」

！

みんながお互(たが)いの顔を覗(のぞ)きあっているところに、一人の男が前に出ました。

それは町一番の肉屋でした。

肉屋は言います。

「みんな、協力してくれ！　もう誰一人殺させない方法がある！」

ざわざわ。

「なんだ？　肉のありかを知ってるのか？」

「この国一番の肉屋だからな、案外どこかに隠(かく)し持ってたのかも」

「そんな肉があるなら、俺も食べてみたいけどな」

みんなの注目が集まったところで、肉屋は話し始めます。

「よおし！　今から内容を説明する」

「いいかみんな、このコックが失敗すれば次は俺たちの番だ、みんな自分のことだと思って聞いてくれ」

こうして肉屋は内容を説明しだしました。

次の日の朝、コックは王さまの元に向かい、王さまにこう告げました。

「王さま、肉の準備ができました」

「うむ」

王さまがゆっくりと頷(うなず)くのを確認すると、

「王さま、少し、協力して頂きたいことがあるのですが」

「なんだと?」

「いいえ、全くもって、その、大したことではないのですが。何分特別な食材ですので、食べる方にも準備をして頂く必要があるのです」

「分かった。で、準備とはなんじゃ」

「いえ、説明するまでもございません。広間に移動して頂いて、ほんの一手間ですので」

「よかろう。では、広間へと向かおう」

こうしてコックと王さまは広間へと向かいました。

王さまは広間に着くと、

「なんだ、やたらと人がいるだけで、何の準備もしておらんではないか。肉はどうした？」

「すぐに用意致（いた）します。ですが、王さま、ここで少し、王さまに協力して頂かねばならないのです」

「先ほどの件か。で、何だ、準備とは？　わしは早く肉が食べたいのだ！」

　王さまの顔が少し赤くなり始めたので、コックは急いで説明し始めました。

「協力して頂きたいのは、ずばり、祈（いの）りです」

「祈り？」

「そうです。今回の肉はとても珍（めずら）しい特別な肉でして。祈れば祈るほど美味しい理想の肉になる。そんなこの世の物とは思えぬ肉なのです」

「ふむ、なるほど。確かに、わしはそのような肉は食べたことはない。それに、理想の肉になるとは。確かにわしのだした条件を満たしているようだ。全く、人ばかり並べて何も用意していなかったら、ここにいる全員を処刑しているところだったぞ」

「では、王さま。祈りの方法を説明させて頂きます」

「なんだ、理想の肉を想像するだけではないのか?」

「いいえ、王さま。祈り、でございますから、方法が決まっております。ですが、それは簡単です。膝をつき、目を瞑って、祈るだけですので。さすれば、理想の肉が、王さまの前に現れます」

「現れる? どういうことだ。何か動物の肉ではないのか?」

「いいえ、王さま。確かに、動物の肉でございます。いや、怪物、の方が正しいでしょうか」

「怪物だと?」

王さまは怪訝そうにコックの顔を覗き込みます。

「そうです、王さま。その怪物の肉こそが理想の肉なのです。我々の調査により、その理想の肉をもった怪物はこの国に長年住み着いており、この国の王さまが祈ることで姿を現すことが分かったのです」

「なんと、そのような怪物がこの国に住み着いておったとは。ちょうどいい、わしが退治すると共に食してくれようぞ」

「では王さま、早速あちらでお祈り下さい」

「よし」

そう言うと王さまはコックの示した方へと歩きながら、

「おいコック、あの剣をもった二人は何者だ？」

「あれは怪物を仕留める為の狩人です。怪物が現れましたら、息をする間もなく怪物を仕留められる腕利きです」

「そうか、頼もしいな。怪物が生きているところも見てみたかったが……逃げられてしまったら困るからな、しょうがない」

王さまは二人に挟まれるように立ちました。

「コック、ここにあるシートはなんだ？」

「これは怪物が広間を汚さない為の物です。怪物を仕留める時に暴れられて、床が汚れたら困りますから」

「そうだな、わしの城が汚れるのは嫌だ」

王さまはシートの上にひざまずきました。

「コック、目の前のバケツはなんだ?」

「仕留めた怪物を運ぶ為の物です。すぐに厨房に運んで、調理致します」

「うむ、新鮮(しんせん)な肉というわけか」

そうして王さまは目を瞑り、少しうなだれて、一心に理想の肉を思って祈り始めました。

瞬間、何かが風を切る音がしました。

そして、王さまは確かに、理想の肉を見たのです。

次の日、王さまの城の前でコック達が集まり、肉料理を振る舞(ふるま)いました。

ある動物の肉でできた肉料理はたいそう美味しかったそうで、その噂(うわさ)を聞き付けた人達が大勢その国におしかけ、国はたいへん栄えたそうです。

その後、その肉を称(たた)え、歌ができました。

美味しいお肉♪
理想のお肉♪
あらゆる動物の旨みをあわせ持ち♪
あらゆる野菜よりすっきりとした食べごたえ♪
その肉汁は最高級のスープ♪
そのにおいはまるで料理であふれるこの国のよう♪
この世のあらゆる物を食べ尽くした怪物の♪
最高に美味しい理想のお肉♪
その肉が並んだ食卓(しょくたく)はまるで♪
王さまの食卓♪

［5分後に皮肉などんでん返し］

Hand picked 5 minute short,
Literary gems to move and inspire you

だから私は舟木くんに好かれない

久音嶋美都

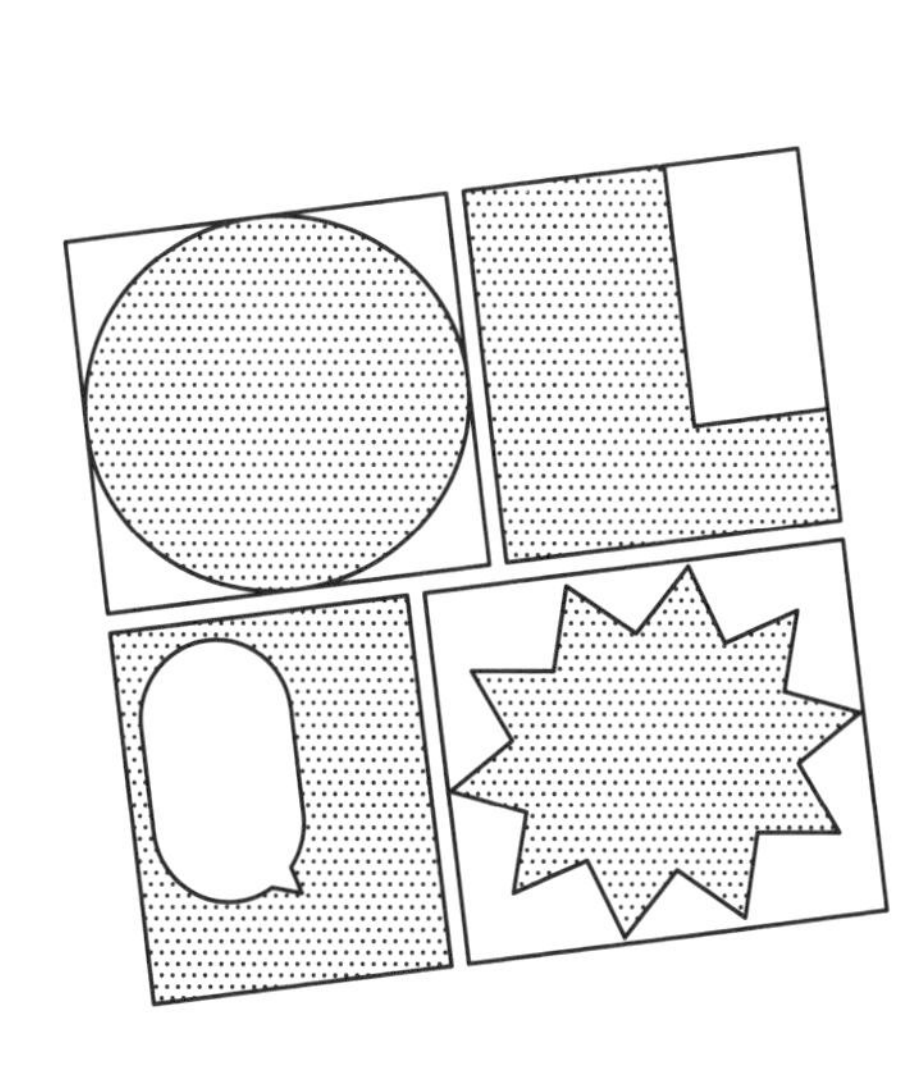

心から、気持ちを手に入れたいのに

あと数分でチャイムが鳴ってしまうというのに、山田さんは教卓の前に散らばった教科書やペンを拾うのに必死だ。私はその姿を見て手を叩いて笑う周りの女子たちを嫌悪する。

これから担任である数学教師の授業だけれど、あえて担任が来る前に山田さんの私物をばら撒く嫌がらせをするところが陰湿だと思ってしまう。

けれど私は山田さんの教科書を拾うのを手伝うことも、笑う女子を注意することもできない。

山田さんが席を離れている間に私物を机の中から勝手に出したのはクラスメートの数名の女子だ。

いつから始まったのかも理由もわからないけれど、いつも山田さんを標的にして数々の嫌がらせをし、面白おかしく笑っている。必死になって教科書を集める山田さんをバカにするように。

彼女たちのその様子は不快そのものだ。いじめられるはっきりとした理由もないのだから、山田さんには同情してしまう。ほとんどのクラスメートがそう思っているはずだ。みんな雑談しながらも横目で山田さんを意識していた。

けれど誰一人山田さんを助けようとはしない。もし今私が山田さんの教科書やペンを拾うのを手伝えば今度は私がいじめられる番だ。だからいじめを不快に感じても山田さんに関わる勇気が持てないでいる。

「ほら」

唐突に立ち上がり山田さんに近づく男子生徒がいた。

山田さんのペンを拾って渡したその男子生徒は舟木くんだ。意外な人物にクラス中が静まり返った。

舟木くんはクラスでも目立つグループにいる人気者。ルックスが良く友達も多くて、もちろん女子にもモテる彼(かれ)が山田さんの手助けをするなんて予想外だ。クラスの誰もが二人に注目していた。

「これで全部?」

「は、はい……」

舟木くんの問いかけに山田さんは床(ゆか)を見渡して私物を全部拾ったことを確認した。

「ありがとう……ございます……」

「どういたしまして」

舟木くんは山田さんのお礼の言葉に微笑(ほほえ)んだ。私はそんな二人のやり取りに胸がざわついた。山田さんを標的にしている女子たちは目を真ん丸に見開き口を半開きにしている。舟木くんと山田さんを見た私も彼女たち同様、舟木くんから笑顔を向けられる山田さんにほんの少しイラつきもした。

二人が立ち上がったそのとき担任が教室に入ってきた。何事もなかったかのように二人が席に座り、いつものように授業が始まった。

けれどクラスメートは担任に気づかれないように目配せしたり、山田さんを睨(にら)む女子もいた。

舟木くんが山田さんに手を貸したことで、山田さんを気に入らないと思う女子が増えてしまったことだろう。それを舟木くんも山田さんもどの程度自覚しているのだろう。

抑揚のない担任の声を聞きながら、私は先程の舟木くんの行動を思い返した。

山田さんを庇った者は男女関係なく制裁を受ける。けれどそれが舟木くんなら雰囲気がかなり変わってくる。彼なら巻き込まれていじめられるどころか、弱い者を庇うヒーローになってしまえる。山田さんをいじめる空気を変えることができるのだ。

元々舟木くんは優しくて正義感の強い人だ。でもまさか今になっていじめを庇うなんて驚いた。今まで舟木くんが山田さんのために何かをするなんてことはなかったのに。

山田さんを助ける舟木くんはかっこいい。さっきのやり取りを見て山田さんに嫉妬すると同時に、舟木くんに対する好感度が更に上がった。

舟木くんに気にかけてもらえる山田さんが羨ましい、なんてこの状況で思う私は酷い人かもしれない。

もし今山田さんの教科書を拾うのを手伝ったのが舟木くんじゃなく他の男子なら羨ましいなんて思わなかったのだから。


私は一年のときから舟木くんが好きだった。

同じ選択授業を受けたり、わざと同じ時間になるように下校して自転車で一緒に帰ったことだってあった。

少しずつ話すようになって、冗談も言い合える仲になった。

あともう一歩だ。

私は舟木くんと付き合いたかった。

体育の授業の前にトイレに寄った。

壁を曲がると流しの前で立ち尽くす制服姿の山田さんがいた。

私がトイレに来ても、こちらを見ることもなくただ立っている。

これからすぐ体育の授業だというのにまだジャージに着替えてないなんて見学かな？

一瞬考えたけれど彼女に何も話しかけることなく、後ろを通ってトイレの個室に入った。

個室から出ると山田さんがまだ流しの前に立って何かを絞っていた。

嫌な予感がしながらも手を洗うために近づいた。

流しに立って驚いた。

山田さんが絞っていたものはジャージだった。流しの中にジャージの上下が水浸しに置かれ、山田さんは袖だけを絞っていた。

その様子に私は固まった。

山田さんは袖を絞ると今度は首の部分を、そして丈までの全体を少しずつ絞っている。

もう間もなく授業なのにジャージを洗う意味が分からない。

考えられることは、きっとクラスメートの女子が山田さんのジャージを濡（ぬ）らしたのだろう。

この流しに置いて濡らされたのか、別の場所で汚（よご）されたから山田さんがここで洗っているのか、それは分からないけれど。

じっとジャージを絞る山田さんを見ていると、ゆっくりと私に向かって顔を動かした。

目が合った彼女の表情は私に向かって何かを訴（うった）えるような悲しげな顔だった。

「っ……」

言葉が出なかった。「それ、どうしたの？」とか「大丈夫（だいじょうぶ）？」って言葉をかけた方がいいのかもしれない。

それでも私には何も言えない。少しでも山田さんに関わったら、今度は私がジャージを濡らされるかもしれないのだ。

「………」

少しの沈黙（ちんもく）の末、私は山田さんから目を逸（そ）らすと手も洗わずトイレから出た。逃（に）

げ出したと言ってもいい。

山田さんのあの目は助けを求めていた。もしかしたら一言声をかけるだけでも彼女の気持ちが軽くなったかもしれない。

けれど私は怖かった。山田さんが。そしていじめをしているクラスメートが。巻き込まれたくない。私は自分が大事だ。


山田さんはその後の体育は見学だった。壁に背をつけ体育座りをする山田さんの顔を見られないまま、意識の外へと追い出した。


次の日、登校すると自転車置き場で舟木くんに会った。

「おはよう舟木くん」

「おはよ」

「寝癖ついてるよ」

「え！ うっそ、まだ直ってないのか」

私が指差した耳の上を慌てて撫でつけ、「水つけても直らないんだよ」と恥ずかしそうに笑う舟木くんを可愛いと思ってしまう。

「教室行ったらスプレー貸してあげようか？」

「助かる」

そのまま二人で並んで校舎に入った。

嬉しくて仕方がない。舟木くんと一緒に歩けることが。

もう少し、あと少し距離を近づけたい。

下駄箱の前で山田さんがしゃがんでいた。下段の空の下駄箱を開けたり、辺りをキョロキョロと見回していた。何かを探しているように見える。

「山田さん？」

舟木くんが山田さんに話しかけた。

「おはよう」

「……お、おはよう……ございます……」

私は舟木くんの言動に驚いた。それは山田さんも同じようだ。山田さんに話しかけることは今までなかったのに、この間ペンを拾ったことといい最近の舟木くんは山田さんのことを気にかけている。

「どうかした？」

「あ、えっと……」

山田さんは困った顔をした。そうして舟木くんの後ろにいる私を見ると更に困惑したようだ。

「何か探し物？」

「あの……」

山田さんは言いにくそうにしている。顔色が悪く、手を胸の前で握りしめていた。

舟木くんはじっと山田さんの言葉を待っている。彼のそういうところが優しいと思う。

私も舟木くんに釣り合うような女の子にならなければ好きになってもらえない。

山田さんの探し物を一緒に探すくらいなら大丈夫。だって今クラスメートの女子は近くに誰もいないから。

「一緒に探そうか?」

私は思いきって言ってみた。すると山田さんの目が私に向かって大きく見開かれた。

「……」

その目は言っていた。『何で今?』と。

途端に後ろめたさが湧いてきた。トイレでジャージを洗っている姿を見たときは見て見ぬふりをしたのに、舟木くんの前では山田さんを気にかける優しいクラスメートを演じるのだから、きっと山田さんも呆れている。私に向けられた目は軽蔑しているようで、じっと私を見つめたまま微動だにしない。

「何でもないから……」

山田さんはしばらくしてぶっきらぼうにそう言うと教室まで行ってしまった。その足は靴下のまま、上履きを履いていなかった。

「なあ、あれって……」

舟木くんの言葉に私も頷いた。

「上履き、なくなっちゃったのかもね……」

隠(かく)されてしまったのかもしれない。それは容易に考えられる。必死に探して、見つからなかったからそのまま行ってしまったのだ。

「なんで山田さんが我慢(がまん)すんだよ……」

舟木くんはそう呟(つぶや)くと急いで上履きを履いて、来賓(らいひん)用のスリッパが入っている棚(たな)から緑色のスリッパを出し、それを持って山田さんのあとを追った。

私も慌てて上履きを履いて舟木くんを追いかけると、廊下(ろうか)の先で山田さんを引き留める舟木くんを見た。

「いいからこれ履いときなって」

「でも……」

「そのままよりいいでしょ?」

舟木くんは戸惑(とまど)う山田さんの足元にスリッパを置いた。

「ありがとう……」

「どういたしまして」

笑う舟木くんに山田さんも目を細めた。

そんな二人の姿に心がかき乱される。

山田さんのために行動する舟木くんがすごいと思った。ますます彼が好きになる。と同時に自分が嫌になる。

いじめをするクラスメートが近くにいないときにだけしか都合のいい言動ができない私は偽善者だ。山田さんの目が何よりも私を責めていた。

昼休みは舟木くんからマンガを借りて読んでいた。

私の目の前にはイスに座って私が貸したマンガを読む舟木くんがいる。この時間が永遠に続けばいいなんて思ってしまう。

昼休みが半分過ぎた頃に山田さんが教室に入ってきた。その姿に騒がしかった教室が一瞬で静まり返る。

教室の入口に立った山田さんは全身ずぶ濡れで、髪やスカートからは水が滴っていた。足元には水溜まりができている。ブラウスが肌に張り付いて下着が透けて見えている酷い姿だった。

山田さんが入ってきたドアの外ではいじめの主犯の女子が笑っていた。

クラス中が絶句した。無表情の山田さんと、ケラケラと大げさに笑ういじめをしている女子の様子が対照的であまりにも酷かった。

私は思わず立ち上がった。カバンの中には部活で使うつもりのタオルがある。山田さんを拭いてあげなければ。

けれど主犯の女子がいる目の前で山田さんにタオルを貸すことは躊躇われた。立ち上がったものの、私はそれ以上動くことができなくなった。

舟木くんが突然立ち上がった。着ているグレーのカーディガンを脱ぐと、山田さんに歩み寄って肩にかけた。

「最低だな！」

眉間にしわを寄せ教室の入口に立つ主犯の女子に向かって怒鳴った。そうして教室の中を振り返り「お前らいい加減にしろよ！」と叫んだ。

それはまるでクラス全員に言っているようだった。山田さんをいじめている人たちだけでなく、見て見ぬふりをしている私のような人にまで舟木くんは怒鳴ったのだ。

舟木くんが怒るなんて珍しい。いじめた女子生徒だけでなく、私を含めた教室にいる生徒全員が震えた。

山田さんは手で顔を覆い泣き出した。いじめに耐えられないのか、舟木くんに庇われたことが嬉しかったのかはわからない。

そんな山田さんの頭を舟木くんは優しく撫でた。

舟木くんは本当にかっこいい。勇気がある。こんなこと誰にでもできることじゃない。だから私は彼を好きになった。

舟木くんにも私を好きになってほしかった。けれどそんなことは絶対に起こらない。

「お前らいい加減にしろよ！」と言った「お前ら」の中には私も含まれている。

保身を優先する私なんて、誠実な舟木くんは好きになってくれないのだから。

校内でも校外でも山田さんの横に舟木くんが並んで歩く姿を見るようになったのはすぐ後のことだ。

舟木くんの助けもあっていじめはなくなり、山田さんに笑顔が増えた。舟木くん本人の笑顔も増えたような気がする。

もしも私が過去何度も理不尽ないじめから山田さんを庇っていたら、今舟木くんの横にいるのは山田さんじゃなくて私だったかもしれない。

私では舟木くんの笑顔を引き出すことはできない。山田さんを救うことができない私は舟木くんに相応しくない。

いつか私がいじめられたら舟木くんは助けてくれるだろうか。

そんなことを今更考えたところでもう遅いのだけど、何度も何度も考えずにはいられないのだ。

［ 5分後に皮肉などんでん返し ］

Hand picked 5 minute short,
Literary gems to move and inspire you

アイの黒

焼き肉

　少女は鉄格子の窓からいつも外を眺めていた。誰が閉じ込めたものか、入り口のドアには常に鍵がかかっている。

　ドアの下の小さな隙間から日に二度、食事の乗ったお盆が差し込まれるだけで、誰との交流もなかった。

　晴れの日の雲のような白い肌、窓から差し込む光に輝く空色の髪、それらを眺めて褒めたたえる者もいない。

　彼女に与えられた自由は、自身と似通う空を眺めることだけ。

　どこまでも続く青い空。下界はぼんやりとして見えない。

　少女は一つため息。

　そこに黒い点が刺した。最初は夜空の星くらいのかすかな点だったものが段々と近づいてきて、形を成す。

　一羽の黒いカラスだ。カラスが鉄格子の隙間からスゥッと室内に入って来た。

　久しぶりの生き物との邂逅に、少女は喜んだ。

おいで、と言うように手を伸ばす。

カラスは動かなかった。

じっと黒い目で色素の薄い少女を見ている。

少女も歩み寄ろうとはしなかった。ただカラスを青い目でじいっと見ている。

少女は久しぶりに自分以外の動く生き物を見た。

だから下手なことをしてカラスが去ってしまうと思ったら、下手に動けなかったのだ。

手を引っ込めて、カラスが驚いて逃げないように、目を離した隙にいなくならないように、少女はそうっと後ずさりをした。

後ずさりしすぎて頭をぶつけた。頭をさすり、壁伝いに歩き、入り口にいつも置いてあるお盆から一切れのパンを手に取った。

小さくちぎっては手のひらに乗せる。カラスはそれを興味深そうに見ている。

小さな両手いっぱいにパンくずが出来た。

それをこぼさないよう、また抜き足差し足忍び足で歩く。

両手をカラスに差し出すと、カラスは大きな翼をぶわっと広げて飛びついた。
バサバサと騒がしく食べるものだから、ポロポロとパンが零れる。ついでに手もつつかれて痛い。
けれども印象の薄い少女の口元には、いつまでもいつまでも笑みが貼りついたま
ま、取れずに残っているのだった。

それから、カラスはよく少女の部屋にやって来るようになった。
カラスはいつも少女の元にいるわけではなく、昼間出かけては夕暮れに帰って来
て、少女の差しだすパンくずを食べる。
少女は必ず両手を受け皿にして、パンを全部カラスにやってしまう。
代わりにカラスはどこからか木の実をくわえて戻って来て、少女に全部やってし
まう。
それは成果を手に狩りから戻って来た夫と、それを迎える妻のようである。
そんな行為を繰り返すうち、カラスのパンのつつき方もさまになって、少女の手

をつっつくこともなく、器用にパンを食うようになった。

ささやかな触れ合いと互いへの気遣いは信頼の種を呼び、少女の重い口を軽くする。

少女は昔からこんな風に、鳥と仲睦まじくするのが得意だった。

しかるべき段階を踏むことで鳥はよく少女に懐き、少女もまた妻のように、あるいは母のように鳥を可愛がった。

けれどこの部屋は高い高い塔の上にあるものだから、久しぶりの友達なのだと少女は微笑む。

森の小屋で母と暮らしていた時は良かった。

母は少女の特性をよく理解し、姿形の違うものと心を交わすさまを笑みで見届けてくれた。

そんな母ももういない。ある日パタリと病に倒れ、助からなかったのだ。

森でひっそりと暮らす、鳥と心を通わせる少女を、村の人間は母のようには受け入れない。

受け入れられないとわかっていたから、母は少女と共に離れた森で暮らしていたのだろう。

少女の村の人間は、異端のものをそっとしておくという事を知らず、勝手に忌み嫌ってこの場所に閉じ込めた。

今のところは生かされているが、近い将来どうなるかはわからない。

何か口にしたくもない用途に少女を使うのかもしれないし、三食届く食事の供給も突然切れるかもしれない。


――笑っちゃうよね、勝手に怖がって、勝手に閉じ込めて。


籠に鳥を入れるのは、少女が最も嫌う行為の一つだった。

カラスはそれを聞いて怒ったように羽ばたいて、部屋をぐるぐると旋回する。

そんなに君が怒らなくても。少女が笑う。

しかしカラスは怒ったようだ。ギューンと向きを変え、敵へ突撃する兵士の形相で空へ飛び立ち、次の日の夕方になっても帰ってこなかった。

少女はそれをつまらなそうに待った。カラスが持ってきた石で、日が暮れた回数を壁にガリガリ三つほどつけたところでカラスは帰還した。

戻ったカラスは羽もボロボロで、よくこんなものを持ってきたものだというような、大きな布をくわえている。

いつものようにカラスにパンくずをやり、今日は喉もとても渇いていたようなので、水も飲ませてやる。

一通り食べ終えるとカラスは少女の膝の上でしばし休んだ。少女は羽についた木やゴミクズを取ってやる。

少女は座ったまま、カラスの持ってきた大きな布に包まって眠った。

少女が目を覚ました時、カラスはいなかった。

今度は壁につけた傷が五つを越えても帰ってこなかった。

その間、少女はもらった黒い布に包まって眠った。

カラスのまとう、葉っぱの匂いやひなたの香りがした。

七つを越えた時、カラスは戻って来た。

今度は硬い部品のようなものが二つ。

いつものように世話をしてやり、一体どこでなにをして、何故こんなものを持ってくるのかを問うたが、カラスは言葉が通じないのをいいことに何も言わない。

少女はカラスの態度に対してありとあらゆる異議を申し立てたが、カラスは聞く耳を持たなかった。それでも気が済まず、くちばしの横のあたりにある耳に向かってまたありとあらゆる異議を申し立てる。

それでもカラスは暗い夜のように何も語らずだったので、また少女は自身の膝を布団に、カラスをしばしの休息へ導く。

三回目のカラスの出立は、少女も一緒に起きて、何も言わずに見送った。

今度は十回壁を傷つけても、カラスは帰って来なかった。

二十回を過ぎても帰って来なかった。

三十回目を書いたところで外が騒がしくなった。

供物がどうとか儀式（ぎしき）がどうとかきなくさい話。

あまり自分にとっていいことでないのはわかってしまう。

三十一回目を刻みながら、少女は恐怖（きょうふ）に震（ふる）えた。

夜はカラスのくれた布に包まって心を癒（いや）した。

四十一回壁を傷つけたころ、外は更（さら）に騒がしくなり、明日の夜中に儀式だとか不吉（ふきつ）すぎる言葉が聞こえてしまった。

四十二回を刻み付けた夜、やっとカラスが帰って来た。

バカバカ遅（おそ）い遅いと恐怖で泣く少女に、カラスはくちばしにくわえた綺麗（きれい）な黒いガラス球を二つ、ちいさな白い手に落とした。

ガラス球はカラスの色そのものだった。黒くて、優しくて、思いが籠（こも）っている。

ほのかに温かいそれを手で大事に握（にぎ）っていると、カラスの言わんとすることが胸の表面から染みて、心臓へ、心へと伝わって来る。

カラスは通じない言葉よりも、行動で思いを紡（つむ）ごうとしたのだと、少女はやっと理解した。

カラスの布――それはガラス玉と同じ黒だった――を身体に巻き付ける。

もらった部品を口に差し込む。

最後にガラス玉を二つ、目に突き刺した。

目が痛む。目を閉じる。

真っ黒な衣装に身を包んだ少女の上を、カラスが旋回する。

旋回するカラスから、一枚の大きな羽根がひらひらと舞い降りて、少女の身体に触れた。

夕日の色はもう空からほとんど消え失せている。けれども夜の星はまだいない。

高い塔の部屋の一角で、一足早く星の光が降りた。

目を開いた時、少女は自分の視線がずいぶん低くなっていることに気づいた。

手の先も黒く、目の前の床に立ったカラスと目線がかち合う。


――行こう。

いつもの鳴き声の代わりに言葉が聞こえて、少女はうん、と返事をする。

それはここにいない第三者が聞いていたとしたら、人の言葉には聞こえなかったけれども。

二つの小さな影(かげ)は確かに通じ合い、飛び上がり、鉄格子の隙間から飛び出し、星がきらめき始めた夜空の中へ、静かに溶(と)けていく。

――この日、一人の少女が死に、二羽のカラスが空に旅立った。

［ 5分後に皮肉などんでん返し ］

Hand picked 5 minute short,
Literary gems to move and inspire you

落下

駒木

手紙

先生、突然のお手紙失礼いたします。

差出人の名前がない手紙なんて、不思議に思ったことでしょう。これから私が書く手紙の内容に、先生はびっくりなさるかもしれません。

私がこれから書くのは、三年五組の武井くんが、北校舎四階の窓から飛び降りた事件についてです。

まるで彼が死んだかのように、学校は先生も生徒も毎日落ち着きがありません。

武井くんは片脚と手首を骨折したそうです。他にも怪我をしているそうですが、詳しくは知りません。落ちたところが花壇だったからそれくらいで済んだのでしょうが、もしもコンクリートだったら、いけなかったかもしれませんね。

武井くんが落ちたことで荒らされてしまった花壇が不憫でなりません。だって、そんな気持ち悪いところに、もう花なんて植えたくありませんもの。そう思いません？

武井くんが飛び降りたことについて、生徒の間では、色んな――とはいっても、中学生が考えることですから大して多くはないのですが――噂が飛び交っています。自殺とか、誰かに突き落とされたんじゃないかとか。だとしたら、犯人は誰か、とか。三年だし、受験ノイローゼだったんじゃないか、とかいう話もありました。

もちろん、ただの事故、という話だって出ています。でもそんなのはつまらないから、みんなドラマチックな妄想を膨らましているのです。不謹慎と思われるかもしれませんが、こんな田舎の中学では娯楽が少ないのです。

成績も良く部活ではレギュラーで活躍し、友達もそれなりに多かった、そんな生徒が突然飛び降りなんて、なんて非日常的。

しかし、当の武井くんは、自分で落ちたと言っているそうです。それ以外は何も言わず、口をつぐんでいると。

それで武井くんの母親が、自分の息子がいじめにあっているのではないかと疑って、校長室で喚いていたらしいですね。

けれど私は、それがまったくの見当違いであることを知っています。

彼が飛び降りたことの真相は、そんな大層な話ではないのです。

私は、彼が窓から落ちる瞬間を見ていたのですから。


武井くんと私は、同じ小学校に通っていました。でも別に仲が良かったわけではありません。

私は昔からとろくさくって、泣き虫で、男子から嫌われていました。

それは中学に上がってからも、ほとんど変わりませんでした。泣き虫じゃなくなっても、鈍くさいままでしたから。

三年生になってから、私はある生徒からいじめを受けるようになりました。

こうして文字にすると、なぜだかしっくりきませんが、世間でいえば、あれはいじめという言葉に当てはまるのでしょう。私が受けたいじめなんて、きっと生易しいものなのです。

物を捨てられることもありましたが、主なものは悪口や陰口でした。すれ違いざまに「気持ち悪い」と言われたり、陰で（とはいえ、私にぎりぎり聞こえる程度の距離で）、ひそひそ私のことを話し、笑うのです。

私がいかにおかしい言動をしているか、あの授業のときはああで、あの発表のときはこんなで……私がいかに鈍くさくって、バカで、気持ち悪いか……そんなことを話しているのです。

彼らはそれを『カンサツ』と言っていました。まるで虫かなにかを観察するような気分だったのでしょう。

「今度××をカンサツしてみな、ホントにやってるから」

そんなことを言っていたのを聞いたことがあります。

自分ではわかりませんが、私がなにかおかしな仕草でもしていたのでしょう。なにせ彼らには、私がただノートをとる姿さえ滑稽に映っていたのですから。

彼らは私をばい菌扱いするのも大好きでした。私が触ったものはもう触れないそうです。「うつる」そうです。

まさか中学生にもなって、こんないじめを受けるとは思いませんでした。呆れるでしょう？

そんなもの気にしなければいいって、私だってわかっていたんです。でも、教室でひとりだと、これがなかなか難しいんです。話を聞いてくれるような友達もいないし。

『暴力をふるわれたわけじゃない』『もっとひどいことだってある』なんて考えたりして、自分をごまかしていたんです。それで余計にストレスが溜まっていたのか、家に帰ってから気がつくと泣いていたりすることもありました。

七月に、私は南校舎にある外階段から転げ落ちて怪我をしました。夏休み前でしたから、先生はもう覚えていないかもしれませんね。

頭を打って気絶したものの、幸い、怪我は擦り傷と片足の捻挫で済みました。痣だらけになりましたが、それも今はもうありません。

先生に話を聞かれたとき、私は「うっかり足を踏み外した」と言いましたが、それは嘘(うそ)です。彼らに突き落とされたのです。

終業式に登校した私に、先生は言いましたね。

「××が階段で倒(たお)れているのを見つけてくれたのは、タケイとツノダだから、ちゃんと礼を言っておきなさい」と。

あのときほど私が驚(おどろ)いたことはないでしょう。

教室に入ると、学級委員の鹿沼(かぬま)さんや数人の女子が声をかけてくれました。半袖(はんそで)のブラウスからのぞく私の腕(うで)が、痣だらけだったので心配してくれたのでしょう。

クラスの女の子たちは、私を積極的にグループに入れることはしませんでしたが、いじめてくることもありませんでした。

私は彼女(かのじょ)たちに「大丈夫(だいじょうぶ)、ありがとう」と告げると、自分の席につきました。

私の席は武井くんの席の近くにあります。

武井くんは私の方をちらっと見ただけでしたが、角田(つのだ)くんは真っ青になっていました。角田くんは元々色白なので、なんだか頭の白いマッチ棒みたいでした。

武井くんと同様、角田くんとも同じ小学校に通っていたので、彼のことはよく知っています。

角田くんは昔はもっと色が白くて、髪も目も茶色かったので、よくからかわれていました。その上私以上の泣き虫で、授業中、少し先生に注意されただけで泣いていました。

角田くんと武井くんは、その頃からよくつるんでいました。

私が角田くんを一瞥するたびに、彼はうつむきました。

小心者の角田くんにとって、私の姿はどれだけ恐ろしかったことでしょう。あの日、階段から落ちた私を見た彼が、どう感じたのかは知りません。

彼が一番恐れたのは、私が目覚め、真実を告げることだったでしょうから。

先生、私を階段から突き落としたのは、武井くんと角田くんです。

つまり、私を『カンサツ』し、ばい菌扱いしていた『彼ら』とは、この二人のことだったのです。

主犯は武井くんで、角田くんは便乗していたのです。他にも武井くんのいじめにのった人はいましたが、角田くんほど熱心だった人はいません。

なぜ私が、武井くんに目を付けられるようになったのかはわかりません。席が近い、というのがきっかけだったのかもしれません。席が近いから、さぞかしカンサツしやすかったことでしょう。

武井くんの気持ちはわかりませんが、角田くんの気持ちならなんとなくわかります。

先程書いたように、角田くんは小学生の頃から色白で小柄で泣き虫で、女子からからかわれることも多かったのです。

自分より劣った女を『いじめられる』ということは、さぞ楽しかったことでしょう。彼が調子にのっているのがよくわかりました。すれ違いざまに悪口を言ったり、私の物を捨てたりしたのは角田くんです。武井くんはカンサツして、悪口を言うだけでしたから。

突き落とされたときのことは、不思議とよく思い出せません。ただ、私に腕をぶつけてきたのは角田くんでした。


階段から落とされてはじめて、私は怒りに燃えました。

私は、二人に仕返ししようと決めたのです。


それならばどうして、突き落とされた後、二人を告発しなかったのかと、そう思われるでしょうか。二人もそう思ったと思います。

もちろん、それも考えました。でも、こうも考えたんです。

油断しているときに復讐された方が、ダメージは大きいんじゃないかって。

実際、二人は油断していました。私が何も言わず、自分たちに何も起こらないので、気がゆるんでいたのです。

先生、私は武井くんにカンサツされていたと書きました。近くの席だから、カンサツしやすかったのだろうと。

それは、私からもそうだったのです。

私からも、武井くんがしていたことが、よく見えていたのです。

例えば、優等生で通っている武井くんが、カンニングをしているところとか。

女子が見たら、嫌悪感で顔が歪むような物を持ってきていたところとか。

私は武井くんの周辺を探り、秘密を集めていきました。

角田くんに対しても、同様に身辺を探っていましたが、なかなか収穫は得られませんでした。

けれど先生、角田くん自身のことではないのですが、ある秘密を知ってしまったのです。

そういえば、私は武井くんが窓から落ちる瞬間を見ていたと書きましたけれど、
先生、まさか私が彼を突き落としたなんて思ってはいませんね？
私は武井くんを突き落としてはいません。むしろ私は落とされかけたのです。

あの日、私は武井くんを北校舎にある理科室に呼び出しました（なぜここなのかといえば、単に人気がないからです）。

別に来ないなら来ないでよかったのですが、彼はやって来ました。

彼は私を詰りました。私を階段から突き落としたことについて、何か言われると思ったのでしょう。

私は彼に、私がつかんだ彼の秘密を言いました。カンニングよりひどい秘密です。これは先生にもお教えするわけにはいきません。秘密を知る人間は少ない方がいいですもの。

武井くんは顔を青くしましたが、次の瞬間真っ赤になって、わけのわからないことを叫びながら、私に向かって突進してきました。そして私の胸ぐらをつかんで、窓に押し付けたのです。

そのときのことで覚えているのは、怒りで歯をむき出しにした武井くんの顔と、遠くで吹奏楽部が演奏している音でした。

私は再び、血が沸騰するような激しい怒りを感じていました。

私は怒りのまま、彼の顔や腕を思いきり引っかきました。そうしなければ、私はあのまま背中から地面に落ちていたでしょう。

武井くんが怯むのがわかりました。

そして、一瞬の攻防の後、彼はバランスを崩して窓から落ちていきました。

武井くんの顔や腕には、私がつけた引っかき傷が残っていることでしょう。でも彼はその傷の理由を話すわけにはいかないのです。


角田くんは、武井くんが飛び降りたことですっかり怯えています。私が近づいただけで、びくびくしています。

次は自分が何かされるのではないか、と思っているようです。今まで私に何をしてきたのか、角田くん自身が一番よくわかっていますから。


ところで先生、角田くんには歳の離れたお姉さんがいるのですが、二人はとても仲が良いのです。というより、角田くんの方が、気持ち悪いくらいお姉さんにべったりなのです。

私は小学生のときに彼女を見かけたことがあるのですが、弟と違って明るい美人、という印象でした。

でも、先生の方が彼女のことをよくご存知かもしれませんね。

だって二人っきりで車でお出かけするくらいですもの。

×××の踏切を少し行った先に、どんな建物があるか、私だって知っています。先生の車のナンバーも知っています。そして先生が既婚者だということは、生徒みんなが知っていることです。

そういえば、先生が顧問をなさっているバレー部の子が話していたのですが、奥様が妊娠なさったそうですね。おめでとうございます。

差し出がましいとは思ったのですが、先生の奥様に、お祝いの手紙を送らせていただきました。先生の写真をたくさん同封して。先生と角田くんのお姉さんがとっても仲良くしてる写真です。あまり上手く撮れなかったのですけど、見る人が見ればわかるでしょう。

すでに手紙は届いているでしょう。妊娠中の女性の恨みは特に深いらしいですよ。

同じ写真を角田くんにも送りました。大好きなお姉さんのことなのに、知らないのは可哀想ですものね。大好きな大好きなお姉さんが、他の男とキスをしている写真を見て、彼はどう思うのでしょう。

先生。先生は私が武井くんと角田くんにいじめを受けていることを知ってましたよね。

だって私、先生に相談しましたものね？　でも先生は取り合ってくれませんでしたね？

「大したことじゃない」って。

「男子は好きな子をいじめてしまうものだから」なんて、気持ちの悪いことを言って。

「武井と角田に礼を言っておけ」なんて、よく言えましたね。私が相談したことなんてもう忘れていましたか。他のことで頭がいっぱいのようでしたしね。

この言葉がなければ、先生に何かしようなんて思わなかったかもしれません。角田くんのお姉さんと不倫をしていることも、黙っていたでしょう。でももう詮ないことですね。

先生、ここまで書いても、私が誰なのかわからないのではないですか？　それとも、さすがに思い出したでしょうか。

慣れない手紙など書いたので、少し疲れてしまいました。この辺でそろそろ終わりにしようと思います。まだやることもありますので。長々と、大変失礼いたしました。

奥様によろしくお伝えくださいませ。

では、ごきげんよう。

［ 5分後に皮肉などんでん返し ］

Hand picked 5 minute short,
Literary gems to move and inspire you

死に至る病

相生逢

1

「ごめんなさい。ごめんなさい」

何度も繰り返して謝る。

懇願するように縋るように媚びへつらうように。繰り返しつぶやく。

そうすることでしか希望がないかのように繰り返し、壊れるまで。

繰り返し続ける。

2

「やぁやぁ。よく来てくれた。私は歓迎するよ！」

分厚いガラス越しに少女は両手を広げて私を歓迎してくれた。身長150センチ程度の小さな体で喜びを表現しようとしてくれている。

表情も弾ける笑顔という言葉がぴったり当てはまるほど、くしゃくしゃに崩しながら笑顔を向けてくれている。

「急な取材を受けて頂いてありがとうございます」

深々と頭を下げる。

「はっはっは。気にしないでくれたまえ。こう見えて結構暇なのだよ。私は。忙しいのは私を研究している学者諸君だからね。ほらほら、立ち話もなんだろう。座ってくれたまえ」

背中まである髪が綺麗に編み込まれていて、整った顔にも映えている。私は勧められるがままに目の前にあるパイプ椅子に座った。分厚い透明のガラスの中心に声が通るように小さな穴が無数に開いている。まるでというか留置場の面会室そのものだ。

私が座るのを認めると少女も楽しそうに自分がいる側にあるパイプ椅子に座る。すぐ隣に体格の大きなスーツ姿の男二人が並び立つ。

「ああ。この人たちは気にしないでくれたまえ。私の愛すべき学者諸君は心配性でね。私に何かあっては一大事といつもボディガードをつけてくれるのだよ。心配性というよりも過保護だねこれは。まぁ、彼ら彼女らにとって私というモルモットが傷つくのは一大事なのかもしれないからね。あっはっは」

けらけらと楽しそうに笑いマシンガンのように言葉を続ける。私はその勢いに圧倒されて息をのむことしかできない。

「ああ。すまないね。私ばっかり話してしまって。この施設の中には学者諸君とこのしゃべらないボディガード君と身の回りの世話をしてくれる人が数人いるだけなのでね。皆無口だから、いつも退屈しているのさ。私は。もっと私と会話してくれてもいいと思うんだけどね」

隣に立っている色黒のサングラスを掛けたほうのスーツのわき腹を小さな肘がつつく。

「仕事中の私語は禁止されています」

サングラスがその見た目とは裏腹に高い声で答える。

「はっは。お堅いねぇ。君は。そんな真面目なところも好きだけどさ」

「ありがとうございます」

深々と頭を下げるサングラス。

「本当に真面目だねぇ」と少女はまたケラケラと笑う。

「ああ。すまない。また脱線してしまったね。私の悪い癖だ。それで、君の取材というのはもちろん私の病気のことなのだろう?」

「ええ。そうです。神倉響音さん。あなたが患っているヴンシュ病についてお話を聞かせていただければと思いまして」

私は鞄から手帳を取り出しながら言う。

「そんな堅苦しい話し方をしなくてもいいさ。こんな小娘に敬語なんて話しにくいだろう」

　自分の姿を見せびらかすように両手で服の袖を持って言う。確かに神倉さんは見た目中学生ぐらいにしか見えない。肌の状態も瑞々しく皺ひとつない。

「でも、実年齢は違うんですよね」

「あはは。まぁ。そうだね。さすが、私を見つけて取材を申し込んでくるわけだ。優秀だね。君は。すこぶる優秀だ。そう。私は今年で二十六歳になる」

　そう、ヴンシュ病の最大の症状は……不老。世界で最も珍しい奇病であり、世界で最も秘匿されていて、世界で最も人の心を惹きつけてやまない病気なのだ。

「率直に聞かせてください。歳を取らないというのはどういう気持ちですか？」

　私の質問に神倉さんは人差し指を顎に当て困ったように首をかしげる。

「どういう気持ちと言われても困ってしまうなぁ。なにせ、私がこの病気になったのは十六歳の時だ。若さあふれるぴちぴちの女子中学生だったんだぜ？　若いままでいるということがどれだけ凄いことなのか、どれだけ素晴らしいことなのか、理解できているはずがないじゃないか。大事なものっていうのは失ってから初めて気が付くものだし、実感するものなのだぜ？　10年たった今なら、若いままの自分というのが素晴らしいのは理解はできるが、やはり実感からは遠いと言わざるを得ない。だって、私は若さというものを失ったことがないのだからね。若さの重大性というものが実際のところ、本気では理解できていないのさ」

「でも、自分の周りの人間はどんどん歳を重ねていくのに、自分は若いままというのは何か感じるところがあるのでは？」

「八百比丘尼（やおびくに）の伝説のような話を想像しているのかな？　確かに、あの話だけを聞くと悲哀（ひあい）の感情も湧（わ）いてこようというものだが、私は幸か不幸か友達も知り合いもいない寂（さび）しい美少女だったのでね。自分以外の親しい人と一緒（いっしょ）に歳を取れないという不幸を感じたことはないね」

「意外ですね」

「そうかい？」

「ええ。まだ会って数分しか経（た）っていませんが、人懐（ひとなつ）っこくて話しやすい人に感じています。だから友達も多そうに見受けられるんです」

実際、笑顔も魅力的で話しているだけで惹きつけられそうになるほどのカリスマ性を感じていた。

「あはは。君は嬉しいことを言ってくれるね。溝内茜くん」

「……私、名乗りましたっけ？」

あまりにもあっさりと言い放たれて理解が追いつかない。

「いやいや、驚かせるつもりはなかったのだよ。私に興味を持って取材に来てくれると言うのだ。私も最低限相手のことを知っておこうと思って調べただけだよ。気に障ったのなら謝る」

「いや、別にそんなことはないのですが」

「そうか。そう言ってくれると私も助かるよ。それにまた敬語になっているよ溝内くん」

「仕事ですし、それに神倉さんは年上ですから」

「そうかい。残念至極だよ。君ならいい友達になってくれるかとも思ったんだけどね」

「そんな。私よりも友達にふさわしい人は一杯いるでしょう」

「そうでもないのだよ。友達というのは難しいものでね。私としては友達になりたいと思っているのだけれど、なかなか向こうが私を友達と思ってくれないのだよ」

やれやれといった風情で肩を竦めて首を振ってみせる。

「友情とは、誰かに小さな親切をしてやり、お返しに大きな親切を期待する契約である。だよ」

「モンテスキューですか」

「そうだね。友達っていうのは対等でありながら見下しあっているぐらいがちょうどいい関係だと私は思っているのだよ」

「……友達は対等のほうがいいと思いますが」

「人間っていうのは下を見て安心する生き物だからね。対等な相手でも見下しているぐらいがちょうどいいのさ。とはいえ、片一方が見下しているだけでは対等とは言えない。つまり見下しあっているぐらいでちょうどいいのだよ。溝内くん」

「そんなものですか」

そう相槌を打って気が付く。私と友達になれると思っているということは、彼女は私を見下しているのだろう。それはいい。見下しあえると思われているということは……。

私がいつの間にか俯いていた顔を上げると、満面の笑みで私を見つめていた。口元を歪め、皮肉気に私を見つめていた。

まるで私の心を見透かしているかのように彼女はケラケラと笑っていた。

「すまないね。また話が脱線してしまった。どうにもいけないね。久しぶりに人と会って会話をしているから楽しくて仕方がないのだよ。少しだけ許してくれると嬉しいよ。さぁ。聞きたいことは何でも聞いてくれたまえ。私に分かることなら何でも答えよう」

またしても両腕を広げて全てを受け入れる姿勢を見せてくる。いつの間にか神倉さんに魅入っていた自分に驚いていた。手帳とペンを握って気を取り直す。

「ヴンシュ病というのは世界に数人しか患っていない奇病だと聞いています」

「そうだね。私を含めても十人いないいんじゃないのかな。とはいえ、私と同じように患者は皆隠されているようだからね。本当はもっといるのかもしれない」

「特殊な症状のせいですね」

「そうだろうね。この病気は感染した時から肉体的年齢を重ねなくなる。老化のメカニズムというのは諸説ある。細胞が外部刺激を受けて損傷したまま分裂することで損傷した細胞が残ってしまう。もしくは細胞自体が分裂を繰り返すうちに損耗していく。そのあたりははっきりしていないが、この病気にかかると、患者は細胞が修復されるようになる。

　細胞が損耗しようと傷つけられようと、自己修復するようになる。とはいえ、感染した時の細胞の状態よりも良くなることはないのが不思議なところだけどね」

　そう。つまり、この病気になった時点で老化が止まり一切歳を取らなくなるのだ。

　ぐっとペンを握った拳に力が入る。

「老化が止まるということですね」

「そうだね。言ってしまえば、この病気の患者は老衰で死ぬことはない。とはいえ死なないというわけではないのだよ。事故にあえば死ぬし、病気にかかれば死ぬ。

不老ではあっても不死ではない。実に興味深いだろう？」

「不老というだけでも人類の夢の一つですよ」

だからこそ、各国はその症状を研究するために患者を秘匿しているともいえる。

その知識を自分の国だけで独占したいのだ。

「まぁ。そうかもしれないな。この病気にかかった患者の一番多い死因を知ってい
るかな？」

「……いえ。分かりません。病死でしょうか？」

神倉さんがにやりと口元を歪める。

最初私を出迎えた時と同じ笑顔で彼女は言った。

「自殺だよ」

「自殺……ですか？」

「そうだ。この病気になった人間の実に九割九分が自殺する」

なぜだ。老人になってから病気にかかったのならまだしも、若い年齢の時に病気
になって死ぬ理由にはならないはずだ。現実、この病気は十代から二十代の人間が

多くかかっているはずだった。

「自殺する理由を私に聞かないでくれたまえよ。私は現実にこうして生きているのだから。死にたくなる人間の気持ちは私には分からないよ」

質問する前に答えられてしまった。実際、自殺する気持ちというのは私にも分からないし興味がなかった。人間死んだらおしまいなのだ。自分から死を選ぶ人間の気持ちは分からないし分かりたくもない。

「なら、別の事を質問させてください」

「なんでも聞いてくれたまえよ」

「先ほど感染とおっしゃいましたが、この病気はうつるんですか？」

私の質問にボディガードの男の顔がピクリと動き、神倉さんが深く笑った。

「そうだね。その通りだよ。溝内くん。この病気は簡単に感染するのだよ。皮膚と皮膚を1分ほど接触させ続けると感染する。ああ、空気感染はしないから安心したまえ」

言われて、ボディガード達の姿を見る。両手には手袋をしているし、帽子をかぶり長袖長ズボンをはいている。極力肌を外に出さないような格好をしている。

「君はそのために来たのかね」

びくりと体を震わせる。見透かされている。いや、私のことを調べたなら知っていて当然か。

「その病気を感染させたい人がいるんです」

「可愛い妹さんかな」

私は頷いてみせる。

「私の妹も病気を患っているんです。あなたとは反対の。まだ子供なのに、体がどんどん老化していく病気」

「早老症か」

その病名の通り年齢よりも早く体が老化してしまう病気のことだ。有名どころではプロジェリア症候群だ。こちらは子供や幼年期に発病することが多い。

妹の病名はウェルナー症候群。思春期に発病することが多い早老症で、原因は遺伝子の異常だと言われている。

「妹は、まだ発症して間もないんです。今の状態ならまだ間に合う」

「確かに、遺伝子や細胞を自己修復するこの病気なら、妹さんの病気の進行を止めることができるだろうね」

「そうなんです。だから、お願いです」

両手を机について頭もこすりつけるようにぶつける。

「素晴らしい！　実に重畳！　重畳！　その心意気やよし！」

神倉さんが椅子から立ち上がって大仰に喜んでみせる。

「妹さんを大切に思うその気持ち。実に素晴らしい。この不肖な私が役に立つのなら喜んで協力しようじゃないか」

「本当ですか！」

「ああ。もちろんだとも」

「でも……」

私は言葉を濁す。

「何か不安なことでもあるのかね。何でも言ってくれたまえ。できることは何でもやろう」

「妹にはここまで来られるほどの体力はきっとないんです」

「そんなことか。ここまで体に負担を掛けないで連れてこられるよう手配しよう」

神倉さんはボディガードに目配せをして言う。

「手配したまえよ。サングラス君」

ボディガードのサングラスを掛けたほうが深々と頭を下げる。

「待ってください。妹がこんなところに出入りしたと分かれば……」

「うーん。確かにこの施設はあまり世間的に評判がいいとは言えないからねぇ。ならどうするか？」

顎に指を当てて考え込む神倉さんに私は意を決して言う。

「私に感染させてくれませんか？　私に感染させてもらって、私が妹に感染させる」

ボディガードが私を一瞥して何かを言おうとするのを神倉さんが手で制する。神倉さんの表情が蔑むように私を見下す。無表情に私を見つめる先ほど感じた寒気が私を襲う。

無言の数秒。いや、数秒だったと思うが、体感時間は一時間にも感じた。

私を見つめていた神倉さんが突然両手を叩いて言った。

「その心意気やよし！　いいだろう。私が君に感染させる。そして、君が妹さんに感染させるといい」

「響音さん」

ボディガードが神倉さんに詰め寄るが、神倉さんがひと睨みで黙らせる。

「なら、善は急げだ。そこの穴から手を入れてくれたまえ」

指がさされた先にはちょうど片腕が入るほどの長方形の穴が開いていた。

「本来は差し入れか何かを入れる穴なんだけどね、触るだけなら問題はあるまい」

私は言われた通りに長方形の穴にそっと右手を差し入れる。これで。私の目的が。

ゆっくりと神倉さんの手が私の手に近づいてくる。あと数センチで重なるというところで止まる。

「君の言葉に嘘はないね？」

「あるはずがないじゃないですか」

「そうか。ならいいんだ」

にっこりと笑って神倉さんが私の右手に手を重ねた。

妹がウェルナー症候群なのは嘘ではないし、妹がここに来る体力がないのも本当だ。

ただ、私も感染させてもらう。私は若い自分を保ちたいのだ。自分を若く保ちたくない人間なんていないだろう。

神倉さんの手が私に触れて1分が経った。温かい手がそっと離(はな)される。これで私は感染したのだろうか。自分の手を何度も見つめる。

「覚悟(かくご)はいいかな?」

神倉さんがそう言った直後。全身に寒気と激痛が走る。座っていることもできずに床(ゆか)をのたうち回る。心臓が脈動すると全身が同じように震える。嘔吐(おうと)感(かん)と頭痛がとめどなく襲ってくる。

「ああ。もしかして知らなかったのか。確かに、この病気は不老になるけれど、その代わりに細胞が絶えず自己修復しているんだ。そして、細胞が修復している間、激痛と嘔吐感、ありとあらゆる不調が全身を襲うんだ」

痛い。何も考えられない。

こんな痛さ、耐(た)えられるわけがない。

「一応言っておくけれど、私にも同じ症状がある」

この痛さに耐えているだって。

「……化物(ばけもの)め」

口からよだれが垂れるのを抑(おさ)えることもできずにうめく。

「言っただろ。不老であって不死じゃない。病気にもなる。死因に自殺が多い理由もわかるだろ。ああ。ちなみにその痛みを抑える方法は一つだけある。他人にうつすことだ。つまり妹さんにうつせば治るから安心したまえ。ただ、君が妹さんの所までたどり着ければだけど。もしくは私にうつし返すかだ。でも君は妹さんにうつすんだろ?」

「ごめんなさい。嘘ついていました。私を治してください」

「ああ。妹にそんな痛みを感じさせることはできないなんていう優しさから言っているんだろ? 素晴らしい姉妹愛だ」

違う違う違う。

「ちがう」

「ああ。もう一つ治る方法がある」

私は縋るように神倉さんを見上げる。

「運が良ければそのうち細胞が適応して痛みがなくなる、という研究結果があるようだぞ。何年後か何十年後か分からないけどな」

治る？　治る？　この痛みから解放される？

「一応これを渡（わた）しておくよ。私からの最後の餞別（せんべつ）だ」

神倉さんが穴から黒い物体を投げ込む。ごとんと鈍（にぶ）い音がして私の目の前に拳銃（けんじゅう）が落ちる。死ね？　これで死ねって？　でも死ねばこの痛みから……。

震える手で拳銃を握り銃口を頭に向ける。

「ああああああああ!!」

叫（さけ）んで、私は拳銃を床に落とす。治る。治るかもしれないんだ。治れば私は。

「悲しいものだね。治るかもしれないという希望があるから死ぬことすら選べない。人類が最後にかかる一番重い病気は希望か……」

椅子から立ち上がって神倉さんが私に背を向ける。

「ヴンシュ病。日本語にしたら希望病とはよく言ったものだ」

部屋から出ていく神倉さんを私は死にたくなるほどの激痛の中で見送った。

［5分後に皮肉などんでん返し］

Hand picked 5 minute short,
Literary gems to move and inspire you

始まりと終わりのきっかけ

寝癖

始まりのきっかけ

企画のプレゼンがうまくいったからなのか、それとも3日間、続いた雨がその日ようやく晴れたからなのか、僕の気持ちも晴れやかだった。

めずらしく、定時に仕事が終わり、あとは帰るだけ。

次の日が休みだというのも、原因の一端だったのかもしれない。


電車に乗り込むと、立っている人はいない。

席が空いていた。

いつもより早い時間だからまだ満員には程遠かった。

こんな小さな幸せですら、かけ算がうまくいくと、大きな幸せになるのだ。

席に腰掛け、足を休ませる。

こんな幸せに浸っている間にも、知らない人が知らない街へと降りていき、知らない人が知らない街から乗ってくる。

たぶん一生交わることはないのだろう。

辺りを見回すと空席はもうなかった。

また知らない人が乗ってくる。

お婆ちゃんがゆっくりとこちらに向かってきていた。

小さな幸せは突然終わりを告げる。

善意二、人目八の割合で僕は席を譲る。

立ち上がり「どうぞ」と声を掛けようとしたその時、後ろからお婆ちゃんを押し退け、子供が席に座った。

「おい」反射的に子供に向けて声が出ていた。

しまったと思った。

高齢者に席を譲らない若者というレッテルを回避したら、子供相手にむきになる大人げない若者というレッテルの方に突っ込んでしまった。

体裁を繕うように、できる限りの優しい言葉を探して子供に説明した。

「僕はこのおばあさんに席を譲ったんだ、君の方がおばあさんより体力があるだろう？　体力がある人が体力のない人に譲るのがかっこいい大人なんだ。わかるかな？」

子供は怯(おび)えている、いまさら優しくしたってダメなものはダメだ。

そんなことは子供を経験した僕もわかってる。

「すみません」突然、謝罪の声が聞こえた。

どうやら、その子の母親らしい。

助かった。

一通り謝罪の言葉を吐(は)き出すと母親は子供を連れて別の車両へと移っていった。

「ありがとうございます」お婆ちゃんは僕に感謝の言葉と苦味を含(ふく)んだ笑顔を贈(おく)り席に座った。

ばつの悪い僕は次の駅が降りる駅で本当によかったと胸を撫(な)で下ろした。

「あの……かっこよかったです」隣(となり)に立っていた女性が、僕に声をかけてきた。

ばつの悪さが顔に出ていたのだろうか、気を使ってくれたのかもしれない。

本来、交わることのない知らない人の思いもしない気遣いに僕は救われた。

「あぁいや、ありがとうございます」

同時に電車は僕が降りる駅に着いた。

「僕はここで」

気遣いに対してなにもしないわけにもいかず別れの挨拶だけはした。

「あっ私もここなんです」

彼女は照れ臭そうに言いながら降りた。

改札まで同じ道程だから、なんとなくそのまま別れるのが気まずい空気になってしまった。

もしかしたら、彼女も降りる駅が近付いたこともあって勇気を出して声をかけてくれたのかもしれない。

「さっきは恥ずかしい所をお見せしてしまって……」

「いえそんな、すごくかっこよかったですよ」

同じくらいの年だろうか。すごく笑顔のきれいな人だなと思った。

「子供相手にむきになって大人として恥ずかしいですよ」

「そんなことないです。自分の子供でさえ怒れない人が多いのに、見ず知らずの子供に良くないことは良くないって言える方って素敵だなって」

こんな風に取ってくれる人があの車内に何人いただろう。

少数派であることは言わずもがな。

だが、知らない人からどう思われたって、構わない。

今しがた知人に昇格したこの人が良いように受け止めてくれているのなら。

失敗は帳消しだ。帳消しどころか手柄になったのだ。

落ちた気分がその反動でまるでトランポリンのように飛び上がった。

「あの子が僕の子供なら、もっと怒りますよ」と冗談交じりに言うと、

「躾のできるいいお父さんですね」と笑いながら返してくれた。

僕は、気が付けば彼女を食事に誘っていた。

気分が乗っていたのもあったが、彼女の話し易さが一番の理由かもしれない。

初めて話したはずなのに話が途切れない。

波長が合うのか。

安っぽくなってしまいそうだからこの言葉は使いたくなかったが、運命だったのかもしれない。


これが僕たちの出会いだった。

程なくして僕たちは結婚した。

絵に描いたような幸せな結婚生活は順風満帆に推移していき、僕たちには新しい家族が増えた。

僕たちは息子が生まれる前から、子供の躾について話し合っていた。怒るのは僕で、褒めるのは彼女の役割にして、バランスを取ろうと決めた。

お互いの性格上その方がいい気がした。

僕の父は厳しい人だったけれど、僕は父のことを尊敬しているし、僕もそんな父親になりたいと思っていた。

子供の機嫌を取るような父親にはならないと心に決めた。

この幸せを終わらせないためにも、僕はいい父親になるよと、彼女と生まれてくる息子に誓った。

終わりのきっかけ

「パパなんて大っ嫌い」

お友達の恵美ちゃんがパパに言った。

今日は同じクラスの恵美ちゃんの七歳のお誕生日会に呼ばれていた。

恵美ちゃんのパパは悲しそうな顔をして、恵美ちゃんの大好きなクレープを買ってきて機嫌を取る。

いいなぁとぼくは思った。

ぼくがあんなことをパパに言ったらどうなるかな。

また叩かれるのかな。

それだけならまだいいけど、きっと家の外に出されるんだろうな。

あれは嫌だったなぁ。痛いより嫌だったなぁ。

外は暗くて、怖くて、寒くて、寂しくて、お腹が空いて、眠れなくて、なにより終わりが見えなくて。

このままずっと家に入れてもらえなかったらどうしようってとってもとっても不安になったんだ。

だけど、そんな時、決まってママが扉を開けてくれるんだ。

ぼくがママと叫びそうになるのをシーッて優しく止めてくれる。

「パパ寝たから、おいで。温かいクリームスープ入れてあげるからね」

ママのスープはどんなお菓子よりも好きだった。

帰り際、「またね」と右手にクレープを持ちながら言う恵美ちゃんの左手はしっかりとパパの右手を摑んでいた。

恵美ちゃんとパパはとても幸せそうだった。

恵美ちゃんはクレープを買ってもらえて、ぼくはたぶん追い出される。この違いはなんだろう。

ぼくと恵美ちゃんの違いなのか、恵美ちゃんのパパとぼくのパパの違いなのか。

考えてもわからなかった。

恵美ちゃんはパパに愛されていて、ぼくはパパに愛されていない。

パパに愛されたいなぁ。

お昼の出来事を思い出しながらそんなことを考えていたら、いつの間にか寝てたみたい。

パパとママのケンカの声で、いつもの朝を迎えたことに気付いた。

「だから、久しぶりの休みなんだよ、今日くらいゆっくりさせてくれよ」

「わかってるわよ、だからお母さんに頼むから、あの子を預けにいくだけ行ってって言ってるんじゃない」

「お前の都合で預けるんだからお前が行けばいいだろう」

「もういい、これからあなたの頼みは一つも聞かないから」

「わーわかったよ、行けばいいんだろ。朝からヒステリックになるなよ」

「誰(だれ)のせいで……」

耳が痛い。

そうか今日はお婆ちゃんの家に行くんだな。

怒られる前に起きて着替(きが)えよう。

お婆ちゃんの家までは電車で1時間くらいかかるから、ぼくにとってはちょっとした遠足気分だった。

それに久しぶりにパパとお出掛けできるのがうれしかった。

電車を待っていると、売店に行ってくるから先に乗っていなさいと言うので、先に乗り、空いている席にちょこんと座った。

電車はまだ出発する気配はなかった。

人が乗って来るたびに、パパの姿を探すけどパパは来ない。

もしかしたら、このまま捨てられるんじゃないかと不安になったけど、出発ギリギリにパパが来た。

ぼくは手を振(ふ)る。

パパが座る席がなくなっていたので、ぼくは席を譲る。

朝から不機嫌だったパパが、ありがとうと言って頭を撫でてくれた。

ぼくはパパに褒められた記憶がないので、そんなことがとってもうれしかった。

最近、朝のケンカが聞こえてこなくなったので、ぼくはパパとママが仲良しになったんだと思ってうれしかった。

だけど、そうじゃなかった。

パパとママの会話自体がなくなっていた。

その夜、パパがママを怒らせてしまった。

パパがママに怒鳴っていて、ママは泣いていた。

ママの泣き顔を初めて見たぼくは、たまらなくなって叫んでいた。

「パパなんて大っ嫌い」

本当はパパのことは好きだったけど、これで僕の方に怒りが向けばママが泣かなくて済むと思った。

ママを助けられると思った。
ぼくは、追い出される覚悟を決めた。
だけど、この家を出たのは、ぼくじゃなくて、パパの方だった。
パパはその日、出て行ってから二度とこの家に帰ることはなかった。
ぼくはとうとうパパに愛されることはなかった。

そしてぼくはたぶん、ママにも嫌われてしまった。
パパが出て行ったのがぼくのせいだから仕方ないけど。
ママはぼくのことを怒るようになった。
パパがいるときは、ママに怒られたことはなかったのに。
パパがいなくなったら、ママがパパになった。

あれからぼくはお婆ちゃんの家に行くことが多くなった。
電車を待っている間、ママは一言も話さなかった。ぼくはママを元気にする方法を考えていた。

ママに褒められたい。

そうだ、あのパパが褒めてくれたんだから、ママも絶対褒めてくれるはず。

ぼくはドキドキしながら電車を待った。

電車に乗り込むと、空いている席を探したけど見つからない。

あっ男の人が席を立った。やった。

ぼくはごめんなさい、通してくださいと心の中で謝りながら空いた席へと急いで向かった。

やったぁ、これでママに席を譲ってあげられる。

いっぱい褒めてねママ。

「おい」突然、低い声が聞こえたので顔をあげると、さっき席を立ったはずの男の人がぼくを見ていた。

その顔は怒ったときのパパの顔にそっくりだった。

その男の人は、周りを見渡(みわた)したあと、無理矢理に作った笑顔をぼくに向けた。

「僕はこのおばあさんに席を譲ったんだ、君の方がおばあさんより体力があるだろう？　体力がある人が体力のない人に譲るのがかっこいい大人なんだ。わかるかな？」

ぼくの耳にはそう聞こえたけど、頭にはなにも入ってこなかった。

ママが来た。

ママに席を譲ろうとすると、ママはぼくの手を強く摑んで歩き出した。

電車を降りてからぼくはまたママに叱られた。

ぼくは叱られた理由が理解できなかった。

ぼくはただ、ママに褒めてもらいたかっただけなのに。

ママを助けたかっただけなのに。

ただひとつ、理解できたのは、ぼくはパパにもママにも必要とされていないということだけだった。

もうあの家に帰ることはない。

ぼくはとうとうママにも愛されなかった。

本書は、小説投稿サイト「エブリスタ」が主催する短編小説賞「三行から参加できる　超・妄想コンテスト」入賞作品から、さらに選りすぐりのものを集め、大幅な編集を施したものです。

本書の内容に関してお気づきの点があれば編集部までお知らせください。info@kawade.co.jp

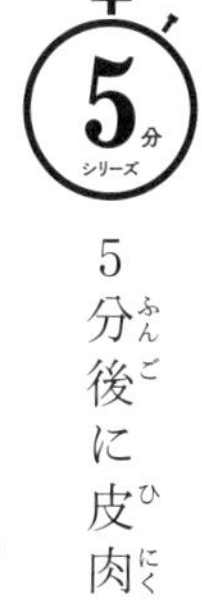

5分後に皮肉などんでん返し

２０１８年10月20日　初版印刷
２０１８年10月30日　初版発行

［編　者］　エブリスタ
［発行者］　小野寺優
［発行所］　株式会社河出書房新社
〒一五一－〇〇五一　東京都渋谷区千駄ヶ谷二－三二－二
☎〇三－三四〇四－一二〇一（営業）　〇三－三四〇四－八六一一（編集）
http://www.kawade.co.jp/

［デザイン］　BALCOLONY.
［印刷・製本］　中央精版印刷株式会社

落丁本・乱丁本はお取り替えいたします。

ISBN978-4-309-61221-8　Printed in Japan

「5分シリーズ　刊行にあたって」

今の時代、私たちはみんな忙しい。
動画UPして、SNSに投稿して、
友達みんなに返信して、ニュースの更新チェックして。

そんな細切れの時間の中でも、
たまにはガツンと魂を揺さぶられたいんだ。

5分でも大丈夫。
短い時間でも、人生変わっちゃうぐらい心を動かす、
そんなチカラが小説にはある。

「5分シリーズ」は、
5分で心を動かす超短編小説を
テーマごとに集めたシリーズです。
あなたのココロに、5分間のきらめきを。

エブリスタ × 河出書房新社

5分後に涙のラスト

感動するのに、時間はいらない――
過去アプリで運命に逆らう「不変のディザイア」ほか、最高の感動体験8作収録。

ISBN978-4-309-61211-9

5分後に驚愕のどんでん返し

こんな結末、絶対予想できない――
超能力を持つ男の顚末を描く「私は能力者」ほか、衝撃の体験11作収録。

ISBN978-4-309-61212-6

5分後に戦慄のラスト

読み終わったら、人間が怖くなった――
隙間を覗かずにはいられない男を描く「隙間」ほか、怒濤の恐怖体験11作収録。

ISBN978-4-309-61213-3

5分後に感動のラスト

ページをめくれば、すぐ涙――

家族の愛を手に入れられなかった男の顛末を描く「ぼくが欲しかったもの。」等計8作。

ISBN978-4-309-61214-0

5分後に後味の悪いラスト

最悪なのに、クセになる――

携帯電話に来た「ＳＯＳ」から始まる「暇つぶし」ほか、目をふさぎたくなる短篇13作。

ISBN978-4-309-61215-7

5分間で心にしみるストーリー

この短さに込められた、あまりに深い物語――

宇宙船襲来後の家族の絆を描く「リング」ほか、思わず考えさせられる短篇8作収録。

ISBN978-4-309-61216-4

5分後に禁断のラスト

それは、開けてはいけない扉――

復讐に燃える男の決断を描く「7歳の君を、殺すということ」など衝撃の8作収録。

ISBN978-4-309-61217-1

5分後に笑えるどんでん返し

読めばすぐに「脱力」確定！

美術館に通う男の子が閉館直前に発した言葉とは？「美術展にて」など笑撃の15作収録。

ISBN978-4-309-61218-8

5分後に恋するラスト

友情から恋に変わる、その瞬間――

人気声優による朗読で話題となった「放課後スピーチ」など、胸キュン確実の10作収録。

ISBN978-4-309-61219-5